소설

김지장

차 한잔으로
부처를 이루다

정찬주 지음

소설 **김지장**

차 한잔으로 부처를 이루다

:: 차례 ::

1. 대원사에서 | 7
2. 출생의 비밀 | 23
3. 서원 | 34
4. 신문왕릉의 침묵 | 48
5. 황룡사 연등 | 73
6. 오대산 | 92
7. 발심 | 110
8. 구도의 뱃길 | 126
9. 지장이성금인 | 150
10. 금지차를 심다 | 168
11. 중생 속으로 | 184
12. 보살과 중생 | 197
13. 낭낭탑 | 215
14. 나무지장보살 | 233
15. 다불 | 253

작가 후기 _ 263

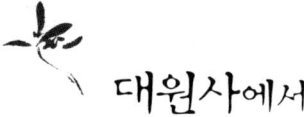

대원사에서

아내가 교통사고를 당해 세상을 떠난 지 2년—. 나는 또다시 아내의 영혼을 위로하기 위해 사십구재를 지냈던 대원사로 가고 있었다. 대원사 주지 고현古玄 스님은 사십구재를 극락전에서 일주일 간격으로 한 번씩 주재했는데, 마지막 일곱 번째가 끝나고 나서는 내게 이렇게 말했다.

"이제 임 박사님 부인의 영가는 왕생극락하셨습니다."

불가에서는 영혼을 영가靈駕라고 불렀다. 그러나 아내의 영혼은 저잣거리에 발을 딛고 있는 내 곁을 떠나지 못했다. 아내는 내 꿈속에 생전의 단정한 모습 그대로 나타나곤 했다. 어떤 날은 꿈속에서 내가 외출을 못하게 자물쇠로 문을 잠그곤 했다. 나를 방에 가

두어 놓고는 홀연히 사라져 버리는 것이었다. 아내의 영혼이 아직도 왕생극락하지 못하고 이 사바세계를 떠돌고 있다는 증거임에 틀림없었다.

―아니면.

거꾸로 내가 아내의 영혼을 붙들어 매고 있는지도 모르는 일이었다. 사십구재를 지내는 동안 고현 스님은 가끔 내게 이런 당부를 했었다.

"재란 영가가 미련 없이 극락으로 갈 수 있도록 살아 있는 사람들이 할 도리를 다하는 것입니다. 산 자의 도리라는 것이 무엇이겠습니까? 산 자의 죄업을 씻는 일도 영가의 발걸음을 가볍게 해 줄 것입니다. 그래야 영가가 뒤돌아보지 않고 훨훨 가겠지요."

나는 주암댐 옆으로 난 국도를 달리면서 내내 아내를 섭섭하게 했던 일이 무엇이었는지 곰곰이 생각에 잠겼다. 그러나 아내의 가슴을 멍들게 했던 기억들은 쉽사리 떠오르지 않았다. 부부간의 경우, 남자는 좋은 일만 기억하고 여자는 그 반대라고 했던가. 그렇다고 이미 유명幽冥을 달리한 아내에게 물어볼 수도 없는 일이었다.

나는 막연히 젊은 나이에 세상을 떠난 아내가 불쌍하다는 생각밖에 들지 않았다. 또 하나 생각나는 것이 있다면 아내가 티베트와 중국 불교의 냄새가 혼재된 대원사에 가기를 좋아했다는 사실, 그

뿐이었다. 아내는 대원사 입구에 있는 티베트 박물관과 김지장의 존상을 봉안한 김지장전金地藏殿을 살아생전에 유난히 자주 가고 싶어 했던 것이다. 내가 사십구재를 대원사에서 지낸 데에도 사실은 그런 이유가 있었다.

아니, 솔직히 고백하자.

나는 어느 때부터인가 납덩이처럼 무거운 후회를 하고 있었다. 아내의 영혼이 왕생극락하는 데 가장 큰 장애는 바로 나라고 여기고 있었다. 아내에게 생일 한번, 결혼기념일 한번 제대로 기억하여 치러 준 적이 없을뿐더러 아내가 김지장의 등신불을 보고 싶다며 몇 년 전의 결혼기념일에 중국 여행을 졸랐지만 학술회의를 핑계 댔던 위인이 바로 나였던 것이다.

아무튼 때늦은 지금에야 아내와의 결혼기념일을 생각해 내고는 허둥지둥 대원사로 달려가고 있는 한심한 작자가 바로 나였다.

―그래, 아내의 영혼이 왕생극락하지 못하고 나를 자꾸 뒤돌아보는 것도 당연하지.

나는 대원사로 들어가는 정자 옆에 승용차를 세워 놓고 잔잔한 호수를 내려다보았다. 호수는 수면 위로 산그늘이 내리어 중음中陰의 세계처럼 어둡고 우울하게 보였다. 구름 사이를 빠져나온 정오의 해가 환한 햇살을 호수에 떨어뜨리자 물결은 잠시 고기비늘처럼 반짝였다.

나는 다시 승용차를 움직여 산길을 서행으로 올라갔다. 좁은 산길에는 가로수로 심긴 벚나무들이 그림자를 차갑게 드리우고 있었다. 둥치가 굵어진 벚나무들은 봄이 되면 꽃의 터널을 만들었다가 바람이 불면 산지사방으로 꽃비를 흩뿌렸다. 차창의 브러시를 작동해야 앞이 보일 만큼 낙화가 점점이 허공을 덮어 버렸다.

지금은 피딱지처럼 붉은 낙엽이 우수수 지고 있는 가을―. 앓던 자국같이 붉은 반점이 박힌 나뭇잎들이 산길 위를 이리저리 굴러다니고 있는 가을의 한낮이었다. 이미 단풍의 불길은 천봉산天鳳山의 온 산자락을 붉고 노란 빛깔로 태우고 있었다.

대원사大原寺.

한때는 대나무 숲이 울창하다 하여 죽원사竹原寺로 불렸으나 송광사의 제5대 국사인 충경沖鏡 천영天英이 절 이름을 대원사로 바꾼 절인데, 처음에 나의 호기심을 자극한 것은 고구려 출신 승려 아도阿道가 대원사를 창건했다는 흥미로운 이유 때문이었다.

더구나 아도는 신라 미추왕 때 신라 땅으로 들어가 불법을 포교하려다가 여의치 않자, 선산의 모례 집에서 3년 동안 숨어 살다가 죽었다고 전해지는 수행자인 것이다. 그러한 아도가 어찌하여 신라를 거쳐 백제 땅으로 들어왔는지 미스터리였다.

아도가 백제 땅으로 잠입해 왔다면 아마도 모례 집에서 숨어 산 이후, 즉 아도에 관한 『삼국유사』의 기록이 증발해 버린 시기가 아닐까. 모례의 집도 더 이상 안전한 곳이 될 수 없었으므로 또다시 신라 땅을 벗어나 피신해야 했으리라.

나는 문득 아도가 걸었던 산길을 나도 지금 가고 있다는 생각을 했다. 봉황이 날아가는 곳을 좇아 절터를 잡았다고 하는 아도를 따라, 천년이 지난 지금 나도 고구려와 신라 땅을 거친 아도의 마지막 행선지, 백제의 절로 가고 있는 것이다.

산길은 막다른 길인 듯하다가도 다시 이어지고 있었다. 마치 모태에서 잘려 나온 탯줄처럼 구불구불했다. 10여 번 달렸던 길이지만 낯설기도 하고 낯익기도 한 미로 같은 산길이었다. 이런 느낌의 산길 때문인지 대원사는 언제나 갑자기 나타나곤 했다. 깊은 숲 속에 숨어 있다가 튀어나오듯 마침내 절의 전각들이 하나하나 드러났다. 먼저 나타난 건물은 이국적인 하얀 가섭의 탑과 티베트 박물관이었다.

나는 박물관을 들르지 않고 대원사 경내로 바로 들어갔다. 언젠가 아내와 박물관 지하층에 마련된 '사후체험실死後體驗室' 앞에서 사소한 언쟁을 벌였던 일이 문득 떠올랐기 때문이었다. 벽에 붙은 티베트 속담을 놓고 아내가 뜬금없는 소리로 나를 건드렸다.

"저 속담처럼 죽는다면 잘 죽는 거죠?"

"무슨 소리를 하는 거야. 앞날이 창창한 나이에 어울리지 않게."

"나도 저렇게 웃으며 죽고 싶어요."

"이젠 수도승 같은 소릴 하는군그래."

내가 퉁명스럽게 쏘아 주자, 아내는 그날 낮 동안 내내 입을 다문 채 굳은 표정으로 불만을 표시했다. 지금도 생각나지만 고승이 입적하기 전에 남기는 깨달음의 노래 같은 티베트 속담은 이런 내용이었다.

내가 태어났을 때 나는 울었고
내 주변의 모든 사람들은 웃으며 기뻐했다.
내가 내 몸을 떠날 때 나는 웃었고
내 주변의 모든 사람들은 슬피 울고 괴로워했다.

나는 잰걸음으로 경내를 지나 고현 스님을 찾았다. 그러나 그는 극락전에서 누군가의 재를 지내고 있는 중이었다. 마이크를 타고 들려오는 소리였지만 애절하고 쉰 듯한 음성으로 보아 나는 금세 고현 스님이 누군가의 재를 주재하고 있음을 알았다.

왕생극락하라는 '나무아미타불'을 계속 외는 소리를 들으며 나는 천천히 경내에서 햇볕이 가장 잘 드는 김지장전 쪽으로 올라갔다. 김지장전은 극락전 오른편 위쪽에 있었다. 대숲에서는 산새 소리가 귓속을 후비듯 따갑게 들려왔고, 거기에다 며칠 전에 지나간 태풍의 뒤끝이었으므로 계곡물이 돌돌 소리치며 흘러 내려가고 있었다.

　나는 '신라대각 김지장전新羅大覺 金地藏殿'이란 편액 밑에서 한줌의 햇볕을 쬐며 고현 스님이 주재하는 재가 끝나기를 기다렸다. 김지장전 둘레에는 금싸라기 같은 샛노란 금국金菊이 제철을 만난 듯 만개해 있고, 바위 사이사이로는 차나무 잎들이 댓잎처럼 푸르게 번들거렸다.

　찻잎 둘레는 톱니바퀴처럼 들쭉날쭉했다. 국내에서는 보기 드문 찻잎이었다. 나는 찻잎을 하나 따서 입에 넣고 잘근잘근 씹었다. 마침 내가 다니는 식품연구소에서는 우리 차와 중국의 차를 연구하는 프로젝트가 진행되고 있었다. 내가 다니는 식품연구소는 국내 굴지의 D재벌회사 산하에 있는 연구소로서 이제 D회사는 차 인구의 폭발적인 증가에 대비해 외국산 차 수입을 은밀하게 준비하고 있는 중이었다. 나는 텁텁하고 떫은 찻잎을 뱉으며 중얼거렸다.

　—잎 모양은 다르지만 맛은 우리 찻잎과 다를 게 없군.

　바로 그때였다. 어디선가 '나무지장보살' 하는 소리가 아주 작은 소리로 들려와 내 귀를 쫑긋거리게 했다. 그 소리는 단 한번에 끝나지 않고 나를 유혹하듯 반복해서 들려왔다. 나는 슬그머니 일어나 귀를 기울이며 소리가 나는 쪽으로 다가갔다.

　하지만 나는 그 속삭이는 소리를 좇아 김지장전 문을 열고 들어서는 순간 피식 웃지 않을 수 없었다. 소리는 법당 한쪽에 설치된 스피커에서 반복적으로 계속 흘러나오고 있었던 것이다. 법당은 썰렁해 보이지만 실제로는 오후의 햇살이 비쳐들어 온기가 돌았다. 나는 법당 벽에 기대어 눈을 감았다. 잠시나마 눈을 붙인 채 장시간 운전의 피로를 풀었다. 극락전에서는 어느새 재가 끝나 가는지 고현 스님의 천혼발원문薦魂發願文이 시작되고 있었다. 나는 발원문을 들으며 편하게 뻗었던 다리를 개었다.

'옛 부처님도 이렇게 가셨고, 현세의 부처님도 이렇게 가시며, 오늘 영가도 이렇게 가고, 이 자리에 모인 우리들도 언젠가는 이렇게 갈 것입니다.

영가여! 이 세상에 태어날 때 어느 곳에서 왔으며, 이 세상을 하직하고서는 이제 어느 곳을 향해 가십니까?

태어나는 것은 허공에 한 조각 구름이 일어남이요, 죽는 것은 한 조각 구름이 사라지는 것과 같습니다. 구름 자체는 실체가 없는 것. 생사거래生死去來 또한 이와 같습니다. 그러나 생사와 상관없는 한 물건이 있어 온갖 이름이나 모양에서 벗어났으므로 밝고 고요하고 청정함이 뚜렷이 드러나 생사를 따르지 않습니다.

영가여! 이 도리를 분명히 아십시오. 이러한 도리를 알고자 한다면 허공처럼 마음을 텅 비워 청정하게 하십시오. 번뇌와 망상을 떨쳐 버리면 마음 내키는 일마다 거리낌이 없을 것입니다.'

첫 부분에서, 그러니까 옛 부처도, 현세의 부처도, 오늘 영가도, 이 자리에 모인 우리도 언젠가 간다는 구절에서 나는 무심코 압정을 잘못 밟은 것처럼 움찔했다. 맨살에 얼음이 얹히는 듯해서 나는 '어!' 하고 허둥지둥 일어나 자세를 고쳐 앉았다. 누가 강요한 것도 아닌데 나는 무릎을 꿇고 두 손을 모아 합장했다. 순식간에 무의식적으로 한 행동이었다. 그러고 보니 아까부터 나를 굽어보고 있는 김지장 존상의 시선이 강하게 스쳤다. 누군가의 영가를 위한 천도재일 텐데 아내와 나를 위한 것처럼 고현 스님의 목소리가 내 가슴을 파고들었던 것이다. 마이크를 타고 울리는 고현 스님의 목소리가 커지자, 대숲에서 들려오는 산새 소리와 계곡의 물소리, 법당 안 지장보살의 창불 소리가 상대적으로 작게 들렸다.

'영가여! 지금 내가 하는 이 말을 보고 들으십니까?

분명히 보고 듣는다면 보고 들을 줄 아는 그것이 무엇인지 한번 살펴보십시오.

참 법신불法身佛은 진공묘지眞空妙智가 갖추어져 둥근 보름달 같고, 천 개의 해가 눈부시게 빛을 발하는 것 같습니다. 이제 허망하고 덧없는 꺼풀을 벗어 버리고 금강석처럼 견고해서 무너지지 않을 참 몸을 얻었습니다. 청정한 법신에는 안팎이 없으니 육신의 생사 또한 지난밤 꿈과 같은 것입니다.'

고현 스님의 목소리가 너무나 비통하고 절절하여 나도 그만 침울한 분위기에 젖고 말았다.

— 아, 아내여. 이제 허망하고 덧없는 꺼풀을 벗어 버리고 금강석처럼 견고해서 무너지지 않을 참 몸을 얻으소서.

나는 어색한 대로 고현 스님의 발원문을 후렴처럼 따라 중얼거리며 합장을 풀었다. 느닷없이 당한 경험이었으므로 처음에는 놀랐다가 잠시 후에야 편안한 마음을 되찾았다. 아내의 영가가 이승에 대한 미련을 버리고 왕생극락하는 순간처럼 법당 안으로 햇살이 강하게 비쳐들었다가 사라졌다. 나는 다시 법당 벽에 기대어 눈을 감았다. 이제는 고현 스님의 목소리도 차분하게 가라앉아 한풀 꺾인 듯 작아지고 있었다. 산새 소리가 다시 귓속을 따갑게 울리고, 계곡 물소리가 또렷하게 들려왔다.

'영가여! 이러한 이치를 알아듣겠습니까?

서산으로 지는 해는 동녘에 다시 솟아오르고, 동녘에 솟은 달은 반드시 서산으로 기웁니다. 영가여! 이 다음 생에는 부디 좋은 인연의 몸을 받아 금생에 못다 이룬 꿈을 원만히 이루소서.

서방정토 아미타불께서 오늘 당신을 맞이하시니 열반의 기쁨을 누리소서.

나무 마하반야 바라밀.'

재를 지낸 고현 스님은 몹시 지쳐 있었다. 며칠 동안 재가 반복되었는지 얼굴이 까칠하고 입술은 물러 터져 피가 맺혀 있었다. 그러나 스님은 나를 보자마자 웃으며 만면에 생기를 띠었다.

"임 박사님, 연락도 없이 무슨 일로 오셨습니까?"

"그냥 왔습니다."

"잘 오셨습니다."

"아내가 살아 있다면 오늘 이곳에 오자고 했을 것 같아서 들렀습니다."

"무슨 특별한 날이라도 됩니까?"

"사실은 오늘이 결혼기념일입니다. 아내를 위해 재를 지낼 때는 아무 소리도 귀에 들어오지 않았는데, 오늘 스님이 읽으신 발원문은 정말 가슴을 적시는 것 같았습니다. 제 아내를 위한 기도문 같았습니다."

고현 스님은 나에게서 뜻밖의 말을 듣고는 흡족한 미소를 지었다. 나는 지금까지 아내가 원해서 절에서 천도재를 지냈을 뿐, 그 밖에는 별 의미를 두지 않고 있었던 것이다. 종교에 대한 나의 시큰둥한 태도는 고현 스님도 잘 알고 있었다. 스님은 과학적으로 끝까지 의심을 풀지 말아야 하는 식품공학자라는 것을 늘 감안하고서 나를 대해 주었던 것이다.

고현 스님은 내가 극락전으로 들어가 아내를 위해 기도하고 나올 때까지 법당 밖에서 기다려 주었다. 극락전 안에 있던 아내의 사진은 이제 치워지고 없었다. 그 대신 낯선 얼굴의 사진들이 단

위에 놓여 나를 쳐다보고 있었다. 허공에 한 조각의 구름이 일어났다가 사라지는 것처럼 영가의 사진들도 그렇게 잠시 놓였다가 치워지곤 하였다. 극락전 왼편에는 깃발이 하나 펄럭였다. 글씨가 큼직해서 눈이 안 좋은 내게도 잘 보였다.

얻었다 해도 본래 있었던 것
잃었다 해도 본래 없었던 것
得之本有 失之本無

인생이란 그런 것이니 너무 기뻐하거나 슬퍼하지 말라는 불가의 금언으로서 마치 가족을 잃은 재주齋主들의 상심을 어루만져 주기 위해 일부러 내건 깃발 같았다. 나는 잠자코 고현 스님이 안내하는 주지실이 있는 요사로 따라 들어갔다. 동향으로 자리 잡은 요사는 햇볕이 들지 않아 어둠침침했다. 나의 마음에는 이미 상심 같은 것은 없었다. 대원사의 고요한 분위기에 젖어 다소 가라앉아 있을 뿐이었다. 나는 고현 스님이 우려내 주는 차를 마시면서 동시에 차향을 맡았다.

"연꽃차군요."
"임 박사님은 연구소에서 차를 연구한다고 했지요?"
"그렇습니다."

"금지차를 아시는지 모르겠습니다. 저기 김지장전 앞에 자라는 차나무 잎으로 금지차를 만듭니다."

"처음 들어보는 차입니다."

"원래는 신라 땅에서 자라던 차나무였습니다만 천년 전 김지장 스님이 중국으로 건너가면서 차 씨를 가지고 가 구화산에 재배하여 얻은 찹니다. 중국에서는 금지차金地茶라고 하지요. 말하자면 김지장차라는 얘깁니다."

나는 신라 흥덕왕 때 김대렴이 중국 사신으로 갔다가 차를 가져왔다는 『삼국유사』의 기록을 본 적은 있지만 신라에서 중국으로 차가 건너갔다는 얘기는 처음이라 몹시 흥미를 느꼈다.

"정말입니까?"

"사실입니다. 김지장전 앞에 심은 차는 제가 중국 구화산에서 차 씨를 구해 와 뿌린 것입니다."

"구화산에 금지차의 차나무가 자생하고 있다는 것입니까?"

"천년 전 지장 스님이 수행했던 곳곳에 자생하고 있습니다."

나는 당장이라도 금지차를 생산한다는 중국 구화산으로 달려가고 싶은 충동을 느꼈다. 그러나 고현 스님은 금지차보다는 김지장 스님에 대해서 더 얘기하고 싶어 했다. 나는 연꽃차를 홀짝이면서 김지장 스님을 찬탄하는 고현 스님의 얘기를 들었다.

"김지장 스님은 지금 구화산 육신보전에 등신불로 모셔져 있는 지장왕보살입니다. 중국 사람들은 지장왕보살로 존숭하고 있지요. 그래서 구화산은 중국 불교의 4대 명산이 되었고, 그곳 사람들은 구화산을 연화불국蓮華佛國이라 부르고 있습니다. 중국에서 불교를 받아들였지만 신라인이 다시 불교를 중국으로 가져가 퍼뜨리고 수많은 중국인들의 귀의를 받았다는 것은 대단한 일 아닙니까? 김지장 스님은 중국인들에게 지금도 지장왕보살로 불리고 있습니다."

나는 이야기가 다소 생경하다고 느꼈지만 아내가 왜 김지장 스님의 등신불을 보려고 했는지 궁금하여 중간에 끼어들지 않고 주의 깊게 들었다. 고현 스님 역시 김지장 스님에 대한 존경심이 대단한 것처럼 느껴졌다. 그렇지 않다면 대원사 경내에 김지장전을 지었을 리 만무했다. 고현 스님은 나에게 생전 아내의 관심사에 대해서도 이야기했다.

"임 박사님 부인은 지장보살을 좋아했어요. 지장보살은 지옥이 텅 빌 때까지 성불成佛하지 않고 중생을 다 구제하겠다고 서원誓願을 세운 보살이지요. 중국으로 건너간 우리 조상님 중에 그런 분이 등신불等身佛로 계신다고 하니 어찌 친견하고 싶지 않았겠습니까?"

나는 불심이 남달랐던 아내의 소원을 들어 주지 못했던 부담감 때문에 묵묵히 고현 스님의 얘기를 듣기만 했다.

"임 박사님이 원하신다면 제가 중국에 갔을 때 가져온 지장 스님에 관한 서책들을 빌려 드리겠습니다. 어찌하시겠습니까?"

고현 스님이 몇 권의 책을 내 앞에 내밀자 나는 주저하면서 받았다. 그러자 고현 스님이 강권하듯 말했다.

"임 박사님은 가셔야 합니다. 그렇게라도 해서 부인의 영가를 위로해 주어야 합니다. 오늘이 결혼기념일이라고 했지요? 임 박사님이 김지장 스님의 등신불을 친견한다면 부인의 영가도 소원을 이룬 것처럼 크게 기뻐할 것입니다. 더구나 부인은 김지장전을 지을 때 기둥 하나를 시주한 인연이 있습니다. 또한 나도 한 달이 지나면 그곳 구화산에 들를 일이 있습니다. 따라가시겠습니까, 어쩌시겠습니까?"

"아내가 김지장전을 짓는 데 기둥을 시주했다는 얘기는 처음 듣습니다."

"시주는 아무도 모르게 하는 것입니다. 본인 자신마저도 했다는 생각을 버려야 진짜 시주가 됩니다. 이것만 보더라도 부인은 불심이 돈독한 불제자였습니다."

"스님께서 중국 구화산에 갈 일이 있다는 말씀입니까?"

"아주 중요한 일이니 부인의 영가를 위해 가시겠다면 그때 말씀드리겠습니다."

나는 결정을 내리지 못하고 주지실에서 일어났다. 고현 스님을 따라가는 것은 결코 어려운 일이 아니었다. 중국 차를 연구하는 프로젝트에 관여하고 있기 때문에 어느 때 어디라도 나는 계획서만

제출하면 출장을 갈 수 있었다. 문제는 선뜻 마음이 내키지 않는 데 있었다.

그런데 나는 대원사에서 바로 서울로 돌아온 후 고현 스님이 빌려 준 책을 읽으면서 김지장 스님의 매력에 푹 빠져 버리고 말았다. 김지장은 한중 수교가 된 후에야 우리에게 알려지기 시작한 등신불로 지금도 중국에서는 매년 70여 만 명의 참배를 받는, 천년이 지난 지금까지도 고통 받는 중국의 인민을 구원해 주는 지장왕보살로 추앙받는 생불이었다.

사흘 후, 나는 대원사로 전화를 걸었다.

"고현 스님, 가겠습니다."

그제야 고현 스님은 함구하고 있던 놀라운 사실을 알려주었다.

"내가 가는 것은 김지장 스님의 존상을 국내로 모시고 오는 행사에 참여하고 있기 때문입니다. 스님께서 열반에 드시면서 이렇게 유언하셨다고 합니다. '1200년이 지나면 조국에서 나를 찾을 것이다' 라고 말입니다. 전율이 느껴지지 않습니까? 김지장 스님은 신승神僧이 분명하십니다. 스님의 예언대로 귀국을 하시게 됐으니 말입니다."

나는 아무 말도 못하고 수화기를 내려놓고 말았다. 나는 고현 스님의 용의주도한 최면에 걸려 김지장 스님의 신도가 돼 버린 느낌이 들었다.

 출생의 비밀

대원사 주지 고현 스님이 빌려 준 지장 스님에 관한 책들을 며칠 동안 정독해 보니 중국 구화산에서는 지장의 일생을 대충 다음과 같이 정리하고 있었다.

지장은 신라 성덕왕의 맏아들로 신라 효소왕 5년(696)에 태어났고, 이름은 김수충金守忠인데 그는 18세인 당 현종 때에 인질의 성격을 띤 유학생인 숙위宿衛로 떠났다가 어머니 성정왕후가 폐비가 되어 출궁出宮당했다는 소식을 듣고 3년 만에 귀국한다. 국내로 돌아온 김수충은 왕자의 신분을 박탈당한 채 왕도의 무상함을 느끼고 삭발 출가한다. 김수충은 신라 절에서 지장이란 법명을 받은 뒤, 왕실에서 키우던 선청(제청諦聽)이란 흰 개를 데리고 성덕왕 19년(720) 24세 때에 다시 바다를 건너 중국의 명산을 찾아다니다가 당 지덕至德 연간, 신라 경덕왕 때 구화산에 이른다. 고행 끝에 지장은 구화산 전체를 지장신앙의 성지로 일구고 당 정원貞元 10년, 신라 원성왕 10년(794) 음력 7월 30일에 99세로 열반에 든다. 석함石函에 안장된 지장은 3년이 지났으나 생전의 모습 그대로 등신불이 되어 중국인들에게 지장왕보살로 추앙받으며 구화산을 중국의 4대 불교 명산으로 이름나게 하고 오늘날에도 해마다 70여 만 명 정도의 참배를 받고 있다.

이와 같은 주장은 중국 구화산 현지는 물론이고 국내의 학계에서도 별 이견 없이 받아들이는 지장의 일대기인 듯했다. 그러나 나는 정설로 굳어지고 있는 중국 학계의 주장을 선뜻 받아들이지 못하고 반신반의했다.

『삼국사기』나 『삼국유사』의 성덕왕조를 유심히 펼쳐 보았지만 지장에 관한 가족 관계 기록은 단 한 줄도 보이지 않을뿐더러 중국의 고서 역시도 정황만 보여줄 뿐이지 단정적인 기록은 어디에도 없었다. 현재의 지장 일대기는 지장의 선대先代 부분을 억지로 맞추고 있거나 단지 추정만 하고 있을 뿐이었다.

중국의 기록 중에 가장 신뢰할 만한 글은 지장과 비슷한 시대 인물이자 구화산에서 어린 시절을 보냈던 은둔 거사 비관경費冠卿

이 당 원화 8년(813)에 지은 「구화산 창건 화성사기九華山創建化城寺記」였다. 어린 시절에 구화산에서 지장의 얘기를 듣고 자랐던 비관경이 지장이 열반한 지 불과 20년 만에 구화산 화성사 승려의 요청으로 지은 글이기 때문에 어떤 글보다도 신빙성이 있다고 봐야 옳았다. 더구나 화성사는 지장이 창건한 구화산의 대표적인 절인 것이다.

그러하므로 「구화산 창건 화성사기」를 참고한 지장의 생몰 연대(696~794)는 일단 믿을 수밖에 없었다. 「구화산 창건 화성사기」는 지장의 열반일을 분명하게 '정원십년하貞元十年夏'라고 기록하고 있었다. 당 정원 10년, 즉 794년 여름에 열반했으니까 거기에서 지장의 세수 99를 뺀다면 출생 연도는 696년이 되었다.

생몰 연대에 이어서 또 하나 확신할 수 있는 것은 지장의 혈통이었다. 「구화산 창건 화성사기」에는 '신라 왕자로서 김씨 왕족과 근속新羅王子金氏近屬'이라고 기록되어 있고, 송의 찬녕贊寧 등이 988년에 황제의 명을 받아 편찬한 『송고승전』에는 지장이 '신라국 왕의 지속新羅國王支屬也'이라고 기록되어 '왕자'와 '왕족'의 차이를 보이지만 넓게 보아 왕족인 것만은 틀림없었다.

'왕자'니 '왕족'이니 하는 혈통 문제는 신분을 버리고 출가하여 초인적인 고행으로 성자가 된 수행자에게는 별 의미가 없다. 신분과 혈통을 따지고 싶어 하는 것은 이해관계에 얽혀 사는 범인들의 세속적인 관심일 뿐인 것이다.

  물론 자신의 혈통을 왕자라고 고백한 지장의 자작시가 구화산의 역사와 문화를 기록한 『청양현지』에 전해지고는 있었다.

    비단옷 삼베 가사로 갈아입고
    수행하러 바다 건너 구화산에 이르렀네
    내 육신은 본디 왕자
    불도 받드는 중에 오용지 만나
    가르침 묻고 구하는 것만도 아직 황송한데
    오늘 외람되이 새벽에 밥 짓는 쌀 보내 오나니
    이제야 좋은 밥 지어 저녁으로 먹을제
    배부르다 하여 지난날 굶주림 잊지 않으리.

    棄却金鑾衲布衣 修身浮海到華西
    原身自是酋王子 慕道相逢吳用之
    未敢叩門求他語 昨叨送米續晨炊
    而今飧食黃精飯 腹飽忘思前日飢

  『청양현지』에 수록된 「수혜미酬惠米」라는 시로서, 구화산에서 고행하던 지장이 오용지로부터 쌀을 시주받고서 은혜를 잊지 못한다는 내용인데, '내 육신은 본디 왕자' 라는 구절이 나오고 있는 것이다. 청나라 광서 17년(1892)에 『청양현지』에 옮겨진 시지만 지장이 자기 자신을 '왕자'라고 노래하고 있다는 점은 흥미를 끌 만했다. 또한 청양현을 관할하는 지주부池州府에서 명나라 가정嘉靖 연간(1522~1566) 때 편찬한 『지주부지』에도 '왕자'란 단어를 '태자'라고 표기한 내용의 「수혜미」란 시가 수록되어 있는바, 이 정도의 방증 자료라면 지장을 신라의 왕자 내지는 왕족이라고 단정해도 커다란 무리는 없었다.

문제는 지장이 신라 어느 왕의 왕자나 왕족인지가 분명하지 않다는 데 있었다. 대만에서 인광대사가 민국 27년(1938)에 명·청대의 기록을 다시 수정하여 발행한 『구화산지』「김지장탑」에는 왕 이름이 김헌영(경덕왕)이라고 분명히 보이지만(新羅國王金憲英之近族也), 이 기록도 역시 출생의 비밀을 명확하게 밝혀 주지는 못한 채 다만 경덕왕의 근족近族이라고 하니, 지장은 적어도 신문왕과 성덕왕, 그리고 경덕왕 때의 성골이나 진골이었을 것이라고 추정해 볼 수는 있었다.

나는 『삼국사기』를 덮었다. 오랜 시간 집중해서 보았더니 눈이 아팠다. 나는 혼잣말로 중얼거렸다.

―우리 역사에는 단 한 줄도 나와 있지 않은데 중국 일부 학자들은 어째서 지장 스님이 성덕왕의 맏아들 김수충이라고 단정하는 것일까?

나는 참지 못하고 고현 스님에게 전화를 걸어 물어 보았지만 시원한 대답을 듣지는 못했다. 스님 역시 어떤 확인도 해 주지 못했다.

"임 박사님, 그냥 믿어 버리세요. 마음 편하게 말입니다. 왜 실험실에서 연구하듯 분석하려고 하십니까? 하하하."

스님이 웃으면서 얼버무리므로 더 이상 캐묻지 못하고 말았지만 나는 확실하게 믿기 위해서 지장의 출생 비밀을 따지고 있었다. 중국에서 등신불이 된 지장 스님의 영광을 깎아내리거나 그분의 행적에 재를 뿌릴 심사로 그러는 것이 아니라 더욱 존경하고 싶어서 그랬다. 믿고자 할 때는 의심이 없을 때까지 파헤치는 것이 나의 성격이었다. 바꾸어 말하면 나는 이미 지장 스님의 매력에 빠져 그분의 추종자가 되기 위해 준비하고 있는 사람이라고 해도 틀린 말은 아니었다.

나는 숨을 단전까지 깊게 들이마시며 『삼국사기』를 다시 펼쳤다. 성덕왕의 맏아들 김수충을 낳은 첫째 왕비 성정왕후成貞王后가 출궁당한 것은 사실이었다. 『삼국사기』「신라본기」에 다음과 같이 기록되어 있는 것이다.

> 성덕왕 15년(716) 성정왕후를 내쫓았는데, 채색 비단 5백 필, 논밭 2백 결, 벼 1만 섬, 집 한 채를 주었으며 집은 강신공의 옛집을 사서 주었다.

또한 『삼국사기』는 성덕왕 16년에 성정왕후가 난 아들 김수충이 숙위 학생으로 당에 갔다가 대감이란 벼슬을 하사받고 어머니 성정왕후가 출궁당한 이후에 귀국한 사실을 기록하고 있었다. 그런데 이러한 역사적 사실이 어떻게 해서 지장과 연결되어 지장의 일대기로 감쪽같이 삽입됐는지 나는 도저히 이해할 수 없었다.

물론 이런 개연성은 있을 수도 있었다. 지장을 성덕왕의 맏아들 김수충으로 가정해 볼 때 성덕왕 초기의 사건들은 제법 필연성이 있어 보였다. 김수충은 인질의 성격을 띤 숙위 학생으로 입당하여 당의 문물을 접한다. 그런데 본국 신라에서는 외척에 의한 권력 암투가 치열하여 결국 성덕왕은 외척의 발호를 견제하기 위해 첫째 왕후를 내친다. 어머니가 궁 밖으로 쫓겨났다는 소식을 듣고 김수충은 때를 보아 귀국한다. 그러나 자신도 태자로서의 기득권을 박탈당한다. 이에 왕도王道가 무상하다는 것을 깨달은 김수충은 법도法道의 길을 찾는다. 절을 찾아가 삭발 출가하여 지장이란 법명을 받고 수행승이 되는 것이다. 마침내 지장은 유학한 인연이 있는 중국 땅으로 다시 건너가 중국의 명산을 만행萬行하던 중에 구화산에 머물게 된다.

나는 미간을 찌푸렸다. 지장이 김수충이라는 기록은 안타깝게도 중국이나 국내의 어느 고서에도 없기 때문이었다. 나는 답답한 심사를 토해내듯 한숨을 길게 내쉬었다. 그리고는 마당으로 나가 심

호흡을 했다.

　—그래, 처음부터 다시 한번 추리해 보기로 하자.

　그러자 미처 생각지 못했던 방법이 하나 번개처럼 빠르게 떠올랐다. 나는 옆에 사람이 있기라도 한 것처럼 소리쳐 말했다.

　—맞아. 김수충의 나이를 비교해 보자. 나이가 같다면 천만다행이고, 그렇지 않다면 지장과 김수충은 누가 뭐래도 아무런 관련이 없는 것이다.

　나는 부랴부랴 방으로 들어와 『삼국사기』를 다시 펼쳐 읽어 내려갔다. 한줄 한줄 정독하면서 출생의 비밀을 파헤쳐 갔다.

　32대 효소왕은 신문왕 7년(687)에 태어난 31대 신문왕의 맏아들이고, 33대 성덕왕은 신문왕의 둘째 아들이지만 형인 효소왕에게 아들이 없었기에 왕위를 잇게 되었다. 성덕왕의 출생 연도는 『삼국사기』에 나와 있지 않지만 형인 효소왕이 687년에 태어났기 때문에 그 이후가 돼야 했다. 왕비가 다시 아이를 낳으려면 적어도 1년 후인 688년 이후에만 가능했다.

　그런데 지장이 태어난 출생 연도는 효소왕 5년(696)이니 이때 성덕왕의 나이 8세에 불과한 것이다. 8세의 어린 성덕왕이 지장을 낳았다는 것은 생리적으로 불가능하므로 지장과 김수충은 결코 동일한 인물이 아닌 것이다. 지장은 성덕왕의 아들이 아닌 다른 왕이나 왕족의 아들로 696년에 태어났다고 볼 수 있고, 김수충은 8세의 성덕왕이 더 성장한 후에야 출생했을 것이 분명했다.

―아, 아내가 지금 내 곁에 있다면 얼마나 더 좋아할까.

무엇에라도 감격을 잘하는 아내는 나에게 칭찬을 잘해 주었고 나는 그런 아내를 겉으로 표현은 안했지만 몹시 흐뭇해했던 것이다. 조금만 관심을 집중하면 밝혀낼 수 있는 사실을 가지고 나는 엄청난 역사를 발견한 듯 아이처럼 들떠 흥분했다.

지장과 김수충 간에 아무런 관련이 없다는 사실이 확인되자, 그 밖의 나머지는 저절로 풀렸다. 즉 김수충이 18세 때 당에 숙위로 갔다는 어느 중국 학자의 주장도 억지에 불과했다. 물론 김수충이 당에 간 것은 틀림없는 사실이었다. 성덕왕 13년(714)에 김수충이 당에 간 사실을 『삼국사기』는 다음과 같이 기록하고 있는 것이다.

> 왕자 김수충을 당에 보내어 숙위하게 했는데 현종은 집과 비단을 내려 그를 사랑했으며 조정에서 연회를 베풀어 주었다.

그러나 김수충의 출생 연도를 최대한 올려 성덕왕 2년(703), 즉 성덕왕 나이 15세 때로 잡아도 김수충이 숙위로 떠난 해가 714년이니 그의 나이 12세에 불과하고, 더 넉넉하게 잡아도 14, 15세밖에 안 되는 것이다. 그러니 김수충이 18세에 당으로 갔다는 중국 학자의 주장은 어디에 근거한 것인지는 몰라도 사실과 달랐다.

한편, 『삼국유사』는 신문왕의 가족관계를 『삼국사기』와 다르게 기록하고 있는데, 첫째 아들이 효소이고, 둘째 아들이 보천, 셋째가 효명이며, 689년에 태어난 보천, 즉 보질도 왕자가 오대산으로 출가하여 수행승이 된다는 얘기가 기록되어 있는데, 출생 연도가 다른 보질도와 지장을 동일 인물로 연결시키는 것도 무리가 아닐 수 없었다.

나는 여기까지 밝히는 것만으로도 무척 피곤했지만 궁금한 사실을 마저 확인하기 위해 책상에서 내려오지 않았다. 시계는 벌써 새벽 한 시를 가리키고 있었다. 내일 식품 관련 학술회의를 진행하는 곳에서 사회를 보기로 예정되어 있어 논문이나 자료를 미리 검토해야 했지만 나는 그러지 못하고 있었다. 지장에 대한 호기심에 빠져 밤을 새우고 있었던 것이다.

마지막으로 나는 지장의 본명이 무엇이었는지 그것이 궁금했다. 중국 구화산에서는 의심 없이 지장의 본명을 김교각金喬覺이라고 부르고 있으나 이 이름 역시 『삼국사기』나 『삼국유사』에는 전혀 기록되어 있지 않았다. 신뢰할 수밖에 없는 비관경이 쓴 「구화산 창건 화성사기」나 찬녕이 편찬한 『송고승전』에도 '김교각' 이란 이름은 없었다. 김교각이란 이름은 청나라의 유성룡이 강희 28년(1689)에 편찬한 『구화산지』에 갑자기 나타나기 시작하여 이후 후대로 내려갈수록 더 많이 등장할 뿐이었다.

지장의 이름에 대한 의문은 훗날 내가 구화산을 찾아갔을 때 어느 노교수가 이렇게 말해 주어 해소될 수 있었다.

"교각이란 이름은 김지장의 본명이나 법명이 아니라 후대 사람들이 그분이 구화산에서 득도하여 대각大覺을 이룬 분이기 때문에 추증하여 부른 덕호德號로 봐야 합니다. 교각의 교喬는 대大 자와 뜻이 같습니다. 그러니 교각은 대각인 것입니다."

나는 지장에 대해서 더 알고 싶은 것이 있었지만 학술회의 준비를 위해서 잠을 청했다. 시간은 어느새 새벽 두 시를 조금 지나 있었다. 바람이 세차게 부는지 창이 덜컹거렸다. 나는 눈을 감은 채 몸을 이리저리 뒤척였다. 등신불이 된 지장 스님의 출생 비밀을 파헤쳐 보려고 며칠 동안 고서를 읽고 뒤졌지만 사실 확인은 나름대로 좀 이루어졌으나 전체적으로는 다시 미궁 속으로 빠져 버린 느낌이었다. 지장의 모습이 안개 너머에 있는 것처럼 희미해져 버린 것이다. 그러나 부정할 수 없는 사실은 천년 전의 신라인 지장 스님은 바다를 건너가 중국 땅 최초의 등신불이 되고 지장왕보살이 되어 삶이 고달픈 수많은 중국 인민들에게 지금도 귀의를 받고 있다는 점이었다.

나는 누워서 이를 악물었다. 반드시 중국으로 건너가 아내 대신 지장 등신불을 만나 그분의 얘기를 듣고야 말 것이라고 스스로에게 다짐했다. 말로만 듣던 등신불을 내 눈으로 직접 확인하고 싶은 것이었다.

 서원

　서력 712년. 성덕대왕 재위 12년 어느 봄날이었다.
　남산 관음봉 밑의 마애 칠불七佛로 유명한 국찰國刹에는 혜통국사의 법문을 듣기 위해 서라벌의 수많은 선남선녀들이 모여들고 있었다. 칠불이란 효소왕과 성덕대왕의 어머니인 신목왕후를 비롯한 왕궁의 성골과 진골들이 당대 최고의 석공을 불러 남산의 바위에 새기게 한 일곱 부처를 말함이었다.
　이따금 솔바람 소리가 파도치듯 쏴아쏴아 골짜기를 가로질러 갔다. 골바람이 솔숲을 뒤흔드는 소리였다. 절로 올라가는 산길에는 이미 사람들이 꽉 들어차 장사진을 이루고 있었다. 기골이 장대하여 화랑의 신분이 분명한 한 청년도 왕도에서부터 왕궁의 사병을 앞세워 말을 타고 오다가 남산 초입에서 내린 뒤부터는 사람들 틈에 끼여 산길을 오르고 있었다.

산길의 중턱에 이르자 청년 화랑의 눈에는 멀리 산자락들이 감싸고 있는 왕도王都가 훤히 내려다보였다. 왕이나 근친은 서라벌의 중심인 삼궁, 즉 월성 대궁이나 만월성 양궁, 금성 사량궁에 거주했고, 성골이 아닌 진골의 귀족과 육두품의 관리들은 삼궁 주변에 바둑판처럼 잘 정리된 마을에서 살았다.

기와집들이 질서정연하게 들어선 왕도는 말 그대로 태평성대처럼 보였다. 이제 왕궁을 피로 얼룩지게 했던 반란도 먼 옛일처럼 사라지고, 불국토를 열망하는 성덕대왕은 남산 여기저기에 불상을 조성하고 거대한 탑을 세워 나갔다. 수년 전에는 목숨을 보존하기 위해 한때 피해 있었던 오대산에 진여원眞如院을 지어 문수도량을 열고 대소 신료들과 그곳으로 나아가 참배하기도 했다.

청년은 바위에 걸터앉아 땀을 들였다. 시절은 완연한 봄이었다. 소나무 사이사이에서 진달래 꽃망울이 붉게 터지고 있었다. 청년은 문득 진달래꽃처럼 아리따운 낭낭娘娘을 떠올렸다. 낭낭은 증조부 때부터 왕족에서 멀어진 김씨족의 딸로 남천南川 가에 사는 서라벌에서 제일가는 절세의 미인이었다. 그러나 청년은 날이 갈수록 애써 낭낭을 외면했다. 또다시 낭낭을 만나게 되면 자신의 출가 결심이 흔들릴 수 있기 때문이었다.

청년은 이미 마음속으로 약속한 바가 있었다. 오늘 혜통국사를 친견하고자 하는 것도 사실은 자신의 심중을 고백하고 싶어서였다. 이미 왕도의 저잣거리에서 경전을 구해 읽고 수행승들에게 염불을 배워 외워 보았지만 마음이 흡족하지 않았던 것이다. 청년은 각오를 다지는 마음으로 솔잎을 잘근잘근 씹다가 뱉었다. 출가란 혜통국사처럼 벌겋게 타는 불화로를 머리에 얹고 정수리를 태울 수 있는 결기가 있어야만 이뤄질 일이었다.

혜통惠通.

무열왕 때부터 신통한 승려로 존경을 받던 그는 특히 진언眞言을 잘하여 효소왕 때는 국사國師의 지위에 올라 어린 왕을 보필한 고승이었다. 그가 부처 앞에 나아가 진언을 외면 국란도 가라앉고, 어떤 불치의 전염병도 사라지게 된다고 나라의 모든 사람들이 믿었다.

청년은 이미 혜통의 이야기를 낭낭에게 들어 누구보다도 자세하게 잘 알고 있었다. 낭낭의 아버지와 혜통은 남산 기슭에 있는 한 마을에서 어린 시절을 보낸 죽마고우였던 것이다. 혜통이 삭발 출가한 동기는 이랬다.

출가하기 전의 혜통은 남산의 서쪽 기슭 은천동 입구에서 살았는데, 하루는 집에서 나와 냇가를 거닐다가 수달을 잡아 죽이고는 그 수달의 피 묻은 뼈를 집 부근에 버린 일이 있었다. 그런데 다음날 혜통은 자신이 버렸던 수달의 뼈가 사라진 것을 알았다. 혜통은 이상한 생각이 들어 핏자국을 따라 냇가로 나갔다. 어제 수달을 잡았던 냇가인데, 부근에 수달의 집으로 생각되는 구멍이 보였다. 구멍 안을 들여다보니 놀랍게도 수달의 뼈가 거기에 있었다. 더구나 수달의 뼈는 생전에 그랬던 것처럼 다섯 마리의 새끼 수달을 안고 있었다.

집으로 돌아온 혜통은 수달을 잡아 죽인 것을 두고두고 후회했다. 다시는 살생하지 않겠다고 맹세했지만 새끼를 안고 있는 어미 수달의 뼈가 자꾸 떠올라 견딜 수 없었다. 결국 혜통은 속인으로 사는 것보다는 살생하지 않는 승려가 되는 것이 더 낫겠다고 다짐하며 출가를 결행했다.

혜통은 바다를 건너 당나라로 들어가 수천리 길을 걸어 구사일생의 고비를 겪으며 오지에 은거하고 있던 서역 승려 무외삼장無畏三藏을 찾아갔다. 무외삼장은 아직 장안에 들어가지 않고 때를 기다리며 당나라에 밀교密敎를 퍼뜨리던 고승이었다. 훗날 그가 당나라의 수도 장안으로 들어간 때는 당 현종 개원 4년이었다.

그런데 무외삼장은 제자 되기를 간청하는 혜통을 내쳤다. 선뜻 받아들이지 않은 것은 혜통의 근기를 시험해 보고자 함이었다.

"동쪽 오랑캐 사람이 어찌 불도를 닦을 만한 법기法器가 되겠소?"

"일찍이 서라벌에서 온 명랑明朗화상은 제자로 받아들여 밀법을 가르쳐 주시었습니다. 한데 어찌 저는 내치시는 것입니까?"

"명랑이라 했는가? 수년 전에 내 문하에서 불도를 닦은 바 있소."

"이제 신라에는 그분의 제자로 안혜, 낭융, 광학, 대연화상이 있습니다. 명랑화상은 신인종神印宗의 개조가 되었고, 기도가 매우 신통하여 국난이 있을 때마다 신유림神遊林 사천왕사에서 나라를 구하는 대법회를 열어 왔사옵니다."

혜통의 말은 사실이었다. 삼국을 통일한 문무왕 8년에 당나라가 신라를 속국으로 삼고자 병선에 군사를 태우고 바다를 건너려고 할 때 명랑이 많은 승도를 데리고 사천왕사에서 주문을 외며 기도하자 때마침 계절풍이 심하게 불어 당의 군사들이 폭풍우 속에서 수장된 적이 있었던 것이다.

"명랑이 신라에 밀법을 크게 일으키고 있다는 말인가?"

"그렇습니다. 명랑화상의 자는 국육國育이라 하오며 사간沙干 재량才良의 아들이자 신라의 대성인 자장율사의 생질이옵니다."

혜통은 무외삼장이 은거하는 절에서 떠나지 않고 3년을 버텼다. 그래도 제자로 받아 주지 않자, 어느 날 혜통은 죽기를 각오하고 뜰에 있던 불화로를 머리에 이었다. 벌겋게 단 불화로를 머리에 얹자마자 머리는 연기를 내며 탔고 정수리는 우레 같은 소리를 내며 터졌다.

　그제야 무외삼장이 달려 나와 혜통의 머리에 얹힌 불화로를 치우고 신주神呪를 외니 정수리의 화상이 씻은 듯이 사라져 버렸다. 신주란 밀교에서 외는 진언의 다른 말이었다.

　이후 혜통은 머리에 화상의 흔적으로 왕王 자 무늬가 새겨졌고, 그곳 중들은 혜통을 일러 왕화상이라 불렀다. 밀교의 진언을 다 배운 혜통이 신라로 다시 떠나려 하자, 무외삼장은 비로소 심법을 전해 주었다. 이리하여 혜통은 해동 밀교의 초조初祖가 되었던 것이다.

　산길은 신분의 고하를 막론하고 누구라도 걸어 올라가야 했다. 가마는 물론이고 말도 오를 수 없는 가파른 산길이었다. 청년은 바위에 걸터앉아 산길을 오르는 사람들을 바라보았다. 그중에는 허리가 잔뜩 굽은 늙은 노파도 있었고, 왕도에 사는 재상의 부인들도 있었고, 한 걸음을 떼기도 힘들어하는 병자나 걸인들도 있었다.

　삼국전쟁이 신라의 승리로 끝나고 왕족의 반란이 잦아들었다고는 하지만 백성들까지 모두 편안한 것은 결코 아니었다. 아직도 서라벌에는 전쟁에서 이제야 돌아온 불구자나 걸인으로 전락한 고구려나 백제의 유민들로 넘쳐났다. 그들은 구걸하다가 왕족들을 호위하는 사병들의 발길에 걷어차이거나 앞서 걷다가도 산길 가로 밀려났다.

종자가 청년에게 걸음을 재촉했다.

"마마, 서두르셔야 합니다. 법회 전에 혜통국사님을 뵙기로 하지 않았사옵니까?"

"알고 있다."

종자는 무술에 능하여 청년의 신변을 지키는 무사의 역할도 하고 있었다. 어느 때 위험이 닥칠지 모르므로 왕의 근족들은 생존을 위하여 자나 깨나 호위를 받고 있었던 것이다.

효소왕이 5세의 어린 나이로 즉위했을 때는 왕궁마저 안전하지 못하여 왕자들이 서라벌에서 멀리 떨어진 오대산의 절에 피신해 있을 정도였고, 결국 피신해 있던 왕자 중에 형은 승려로 남고, 동생은 의문의 죽음을 당한 효소왕에 이어 왕이 되는데 그가 바로 성덕대왕이었다.

『삼국유사』에는 오대산에 피신해 있던 왕자를 보천과 효명으로 기록하고 있는데, 어린 효소왕의 책략이라기보다는 일정 기간 동안 섭정했던 신문왕의 두 번째 왕비 신목왕후와 혜통국사의 지략에 의한 고육지책이었다. 그만큼 왕궁 안에서도 왕족들 간에 적과 동지가 구분이 안 될 만큼 왕권이 확립되지 않은 혼란의 시기였던 것이다.

"서둘러 오르셔야 합니다. 숲 속엔 도적이 있어 위험합니다."

"그래서 변복變服을 하지 않았느냐."

청년은 중국풍의 화려한 비단옷을 벗고 3품 이하의 백성들이 입는 무명 바지와 저고리를 입고 있었다. 청년은 종자의 재촉을 받고 바위에서 일어났다. 혜통국사의 법문은 사시巳時가 지나야 하므로 아직 시간은 남아 있었다.

청년은 일찍이 월성 대궁의 불당에서 혜통국사의 법문을 들은 적이 있었다. 나라를 평안케 하고 백성의 병고를 씻어 달라는 신주를 밤낮으로 외는 것이 혜통 법문의 특징인데, 승도들과 함께 크고 작게 외치는 알아들을 수 없는 그 신주 소리는 마취제처럼 사람들의 정신을 잃게 했다. 불당에 모인 사람들은 혜통의 신주를 듣고는 마루를 치며 울거나 소리치며 고개를 주억거리는 것이었다.

당시 신라에는 당나라에서 오랜 기간 구법고행을 하고 돌아온 고승에 따라 서로 다른 문도가 형성되어 있었다. 고승들이 펼치는 방편方便에 따라서 가풍이 아주 달랐다. 왕족이나 화랑들에게 호국의 대성인으로 추앙받는 원광圓光법사의 가풍이 있는가 하면, 수행자로서 청정한 계율을 강조하는 자장율사나, 승속을 걸림 없이 넘나드는 원효대사의 무애한 가풍도 널리 퍼져 있었다. 그 밖에 장안으로 들어간 원측은 삼장법사 현장의 가르침을 잇는 대학승으로 이름을 날렸고, 훗날 무상은 당의 사천성에서 대선사 마조의 사형이 되고 정중종이란 종파를 일으키기도 했다.

비록 불교가 인도에서 중국을 거쳐 해동에 들어왔다고는 하지만 신라의 고승들은 어느새 신라 땅을 넘어 거대한 중국 대륙을 연화불국蓮華佛國으로 만들어 가고 있었다. 이런 장엄한 불법의 흥륭은 중국 변방에 속한 어떤 나라, 어떤 민족도 이뤄내지 못한 불가사의한 일이었다. 당 태종은 군사를 보내 신라를 속국으로 삼으려 했지만 신라의 대왕은 고승을 중국으로 보내어 자비의 불국토를 이뤄내고 있었던 것이다. 그러한 신라였으므로 신라 사람들은 중국인 못지않게 자존심이 강했고, 실제로 화랑도들은 신라를 신에게 선택받은 신국神國이라고 높여 불렀다.

청년은 뒤따라오는 비구니에게 산길을 비켜 주었다. 그러자 비구니는 합장하며 말없이 지나갔다. 비구니의 뺨에는 흉터가 깊게 새겨져 있었다. 그러나 흉측한 느낌은 들지 않았다. 그러기는커녕 비구니의 얼굴에는 자비로운 기운이 넘쳤다. 이목구비가 또렷하여 마치 서역에서 건너온 여인 같았다. 청년을 앞서 잰걸음으로 가던 종자가 말했다.

"사량궁에 살던 여인이옵니다."

"어찌 알고 있나?"

"마마, 아직도 모르고 계셨습니까? 사량궁을 떠들썩하게 했던 여인이옵니다. 궁 안의 화랑들이 너도나도 청혼을 했던 미모의 여인이지요."

"그런데 어찌 비구니가 되었다는 것이냐?"

"혜통국사의 신도가 되고 나서 비구니가 되고자 스스로 얼굴에 칼을 댔다고 합니다. 그러고 나니 청혼하던 화랑들이 모두 물러났고, 여인은 자유롭게 출가를 할 수 있었다고 합니다."

그러고 보니 청년은 화랑 사이에서 그런 소문을 들었던 것도 같았다. 청년은 가슴이 무거워졌다. 선뜻 출가를 결행하지 못한 채 갈등하고 있는 자신이 부끄러웠다. 아직도 그의 마음속에는 애욕의 불길이 타오르고 있었던 것이다. 낭낭을 애써 피하는 것도 사실은 그녀에 대한 미련이 남아 있기 때문이었다. 그렇지 않다면 굳이 낭낭을 외면할 이유가 없었다. 아무 때라도 낭낭을 생각하면 가슴이 설레고 그리워지는 것이었다.

"여인의 행동에 자극을 받아 여인의 오라버니도 출가했다고 합니다."

"그럴 테지. 그럴 수 있어."

칠불 주위에는 이미 사람들이 가득 차 발을 딛기조차 힘들었다. 혜통국사의 법문이 시작되려면 한 식경은 더 기다려야 하는데도 절 주변은 인산인해를 이루고 있었다. 청년은 종자를 앞세워 사람들을 비집고 들어가 겨우 혜통국사를 친견할 수 있었다.

혜통은 문을 반쯤 열어둔 채 눈을 지그시 감은 모습으로 굵은 염주를 굴리고 있었다. 좀 전에 지나쳤던 그 비구니가 혜통 옆에서 시중을 들고 있다가 청년을 보더니 합장을 했다. 청년은 망설이지 않고 비구니에게 말했다.

"국사님과 이미 약속이 되어 있습니다."

"들어 알고 있습니다. 마마를 정중히 방으로 들이라고 말씀하셨습니다."

청년은 종자를 문 밖에 세워두고 방으로 들어가 공손하게 엎드렸다. 그러자 수염이 허연 혜통도 천천히 맞절을 하며 청년을 맞아주었다.

"무슨 일로 소승을 만나자고 연락하셨습니까?"

혜통은 비구니를 물리치더니 바로 질러 물었다. 청년도 머뭇거림 없이 말했다.

"국사님, 출가하고 싶습니다."

"출가는 마마가 하시는 것이지 소승이 하라 마라 할 것이 못 되옵니다."

몹시 늙어 보이는 혜통이 갑자기 자신의 머리를 내밀었다. 혜통의 머리에는 과연 화상의 흉터가 왕王 자로 새겨져 있었다. 불화로를 얹었다는 것은 사실이었다. 청년은 혜통의 느닷없는 행동에 놀라 순간 말문을 잃었다. 잠시 침묵이 흐른 뒤에 혜통이 다시 물었다.

"마마, 이번에는 이렇게 묻겠습니다."

"말씀하십시오."

"출가하여 무엇이 되겠습니까? 원광법사가 되겠습니까, 자장율사가 되겠습니까, 원효성사가 되겠습니까?"

청년은 그제야 자신의 심중을 고백했다.

"제가 되고 싶은 것은 원광법사가 아니옵니다."

"그러하시다면."

"자장율사도 아니옵니다."

"그렇다면 무엇이 되시겠다는 것입니까?"

"제가 되고 싶은 것은 원효성사도 명랑법사도 아닙니다. 저는 다만 보살이 되고 싶을 따름입니다. 지장보살이 되어 지옥에서 신음하는 모든 중생을 구제하겠습니다."

"마마, 지옥이 어디 있는지 알아야 들어갈 수도 있지 않겠습니까?"

"제가 서 있는 땅이 바로 극락이자 지옥입니다."

혜통이 놀라 굴리던 염주를 멈추었다. 그러더니 이마에 주름이 깊이 접힐 정도로 크게 웃어젖혔다.

"하하하. 법사도 화상도 선사도 되지 않겠다는 것이오나 사실은 두루 통달하여야만 그것들을 초월하여 중생의 고통을 구제하는 보살이 될 수 있을 것이옵니다."

청년은 심중에 있는 말을 거침없이 뱉어냈다고 생각했다. 그런 자신이 놀랍기도 했지만 고백을 하고 나자 가슴에 맺힌 응어리가 풀리는 느낌이 들었다. 혜통이 정색을 하고 다시 말했다.

"본디 지장보살은 지옥이 텅 빌 때까지 성불하지 않겠다고 서원을 세운 보살이십니다. 마마, 꼭 그리 되옵소서."

청년은 맹세한다는 표시로 바로 일어나 혜통 앞에 엎드렸다.

"지장보살이 되고 싶습니다."

"마마, 오늘 약속을 한다면 제가 법명을 내리겠습니다."

"국사님, 말씀만 주십시오."

"보살이 되기 위해서는 먼저 불법을 통달해야 합니다. 진언도 잘하고 염불도 잘하고 참선도 잘한 뒤에야 보살이 될 수 있는 것이오며, 고해苦海 속에서 울고 웃는 중생과 함께할 수 있는 것입니다."

"목숨을 바쳐 약속을 지키겠습니다."

"좋습니다. 출가는 때를 보아 하시는 것이 어떻겠습니까?"

"반드시 출가하여 보살이 되겠습니다."

"그러하오면 법명을 지장이라고 하십시오. 이제 마음은 세속을 떠나 출가를 했으니 지금부터 지장이라 불러도 무방할 것이옵니다."

"국사님, 무슨 뜻으로 지장이란 법명을 주시었습니까?"

"마마, 인내하기를 대지大地와 같이 하시고, 고요히 생각하기를 비장秘藏과 같이 하시라는 뜻으로 지장이라 하였사옵니다."

 청년은 감격하여 다시 늙은 혜통 앞에 엎드렸다. 그러나 혜통은 지장의 절을 받지 않고 법문을 시작하려는지 밖으로 나가 칠불을 향해 가 버렸다. 그러자 혜통을 기다리고 있던 선남선녀들이 일제히 진언을 외기 시작했다.

 "옴마니 반메훔 옴마니 반메훔."

 어느새 중천에 떠오른 해는 칠불의 머리 위로 눈부신 햇살을 퍼붓고 있었다. 청년은 칠불 앞에 무릎을 꿇었다. 혜통이 법문을 시작했다. 마치 청년 한 사람을 위한 법문 같았다. 혜통은 지장보살이 세운 서원부터 이야기하고 있었다.

 "지장보살은 지옥문 앞에서 석장을 짚고 눈물을 흘리는 보살이오. 바로 그대들이 지옥에 들어오는 것을 보고 안타까워 목이 메어 그러는 것이오. 지장보살은 '지옥이 텅 빌 때까지 성불하지 않겠다고 맹세'를 한 보살이오."

 청년은, 아니 지장은 굵은 눈물을 주르르 흘렸다. 사람들은 왜 그가 눈물을 흘리는지 몰라 무심코 바라볼 뿐이었다.

신문왕릉의 침묵

경주에 눈이 내린다는 것은 아주 드문 일이었다. 눈은 경산을 지나면서부터 날벌레처럼 희끗거리더니 경주 시가지로 진입하는 톨게이트를 지나자마자 굵은 눈송이로 변해 차창에 마구 달라붙었다.

시가지 안에도 천년의 고도답게 왕릉들이 여기저기 산재해 있었다. 나는 숙소를 정하기 위해 버스 터미널 쪽으로 달려갔다. 어느 도시나 숙박시설은 터미널 쪽에 몰려 있기 때문이었다. 나는 버스 터미널 부근의 왕릉 옆에 승용차를 주차시켜 놓고 하룻밤 묵을 숙소를 물색했다. 눈은 내리는 기세와 달리 거리에 내려 쌓이지는 않았다. 거리를 축축하게 적실 뿐 허공에서 내려와 금세 녹아 사라졌다.

잠시 후에야 나는 관광 비수기가 된 경주 시가지를 거닐고 있음을 알았다. 그러니 미리 숙소를 정할 필요도 없고 바가지요금을 걱정할 것도 없었다. 거리를 나서 간판을 기웃거리자마자 택시 기사가 나를 살피더니 눈을 맞추려고 애를 썼다. 관광 비수기에 접어들어 택시 기사가 거꾸로 관광객을 찾고 있었다.

―자, 이제 남산의 칠불을 보려면 어느 길로 갈 것인가.

나는 소리를 내어 중얼거리며 천천히 걸었다. 그러나 몇 걸음 걷지 못하고 막다른 골목길에서 왕릉에 도착하고 말았다. 이른바 능의 피장자가 신라 초기의 왕들이라고 추정하는 오릉五陵이었다. 능 가운데로 길이 하나 있는데, 행인들이 시가지를 가로지르는 지름길로 이용하고 있었다. 나도 왕릉 가운데까지 걸어가서 휴대폰을 꺼내 시청 문화관광과를 찾았다.

"칠불을 가려면 어느 곳으로 가야 됩니까?"

"어디 칠불을 말하십니까?"

"남산에 있다고 하던데요."

시청 여직원은 아주 친절했다. 오랜만에 문의 전화가 왔던 것인지 장황하게 안내를 했다. 나는 그가 설명하는 말 중에서 주요 지형지물의 이름만 외웠다. 신문왕릉, 화랑교육원, 통일전, 남산사, 남산동, 사과밭…… 그리고 외길인 산길. 내가 찾는 칠불은 외길

끝에 있다는 것이었다.
—그렇다면.
남산을 오르기 전에 먼저 신문왕릉을 볼 수 있는 코스였다. 당연히 가봐야 하는 왕릉이었다. 삼국을 통일한 문무왕의 맏아들이자 내 호기심을 자극한 지장이 살았던 선대의 대왕이기 때문에 그냥 지나칠 수 없었다. 마침 신문왕릉은 가는 길 중간에 있으므로 잠시 들렀다 가도 일정에 쫓기진 않을 것이었다.
나는 칠불이 있는 절에서 하룻밤을 묵을지도 몰랐다. 내일이 공휴일이므로 나에게는 시간이 충분했다. 그러나 좀 전의 관광과 여직원의 설명에 의하면 산꼭대기의 절은 숙박을 할 만큼 크지 않은 모양이었다. 칠불이 있는 절을 묻자, 그 여직원은 큰 절이 아니라 칠불 옆에 아주 작은 암자인 칠불암이 있다고 설명했던 것이다.
눈송이는 어느새 허공을 하얗게 채워 내리고 있었다. 그래도 하늘은 칙칙해 보이지 않았고 마치 해가 대지를 엿보고 있는 것처럼 포근함이 감돌았다. 나는 경주의 지리를 모르므로 지팡이를 짚고 산책하는 노인을 붙들고 물었다.
"신문왕릉이 어디 있습니까?"
"이 길로 10분 정도 쭉 가면 나옵니다. 얼마 멀지 않아요."
나는 왕릉을 나와 승용차를 타고 노인이 말한 대로 달렸다. 경주의 맑은 공기를 마시고 싶어 차창을 조금 열었다. 눈은 쌓이지 않고 내리는 대로 바로 녹아 도로가 물을 뿌려 놓은 것처럼 번들거렸다.

―이곳이 지장의 고향이 아닐 것인가.

나는 천년 전 지장이 살았던 먼 나라에 와 있었다. 그건 분명한 사실이었다. 지장은 출가하기 전에 이 서라벌의 왕궁에서 젊은 시절을 보냈던 것이다. 그도 역시 한 청년으로서 아리따운 여인을 만나 사랑을 나누고, 왕도를 드나드는 국사와 고승을 만나 인생을 깊이 사색하고, 권력 투쟁에 눈이 먼 왕족들에게 실망하다가 오랜 번민과 방황 끝에 출가를 했던 것이다.

순간 나는 지장보살이 되어 지옥을 텅 비게 하겠다던 청년 지장과 함께 있는 듯한 느낌이 강하게 들었다. 흠칫 놀란 채 나는 빈 옆자리를 보면서 중얼거렸다.

―이곳이 바로 지장이 살았던 서라벌이란 말인가.

핸들이 조금 흔들려 승용차가 중앙선을 약간 침범했다가 제자리로 돌아왔다. 그러고 보니 결코 놀랄 일이 아니었다. 경주는 천년 전에 지장만 살았던 땅이 아니라, 원광법사도, 자장율사도, 원효성사도, 의상대사도, 명랑법사도, 혜통국사도 각각의 가풍으로 불법을 펼친 곳인 것이다.

―그렇다면.

나는 다시 소리 내어 중얼거렸다.

―내가 달리고 있는 경주야말로 불국토 성지 중의 성지가 아닌가.

나는 미처 모르고 있었다는 사실에 자책했다. 바로 옆자리에는 인생이 무엇인지 알고 싶어 몸부림쳤던 청년 지장이 앉아 있다는 착각도 여전히 들었다. 나는 급하게 브레이크를 밟았다. 승용차가 거친 소리를 지르며 도로 한쪽에 멈춰 섰다. 바로 눈앞에 신문왕릉이란 이정표가 나타나 있었다. 노인의 말대로 신문왕릉은 오릉에서 지척의 거리에 있었다.

나는 천천히 왕릉을 향해 걸어갔다. 눈발이 제법 굵어져 이제는 능으로 가는 길을 하얗게 색칠하고 있었다. 절대로 내려 쌓이지 않을 것 같던 눈송이들이 왕릉을 흰 망사처럼 덮고 있었다.

능의 상석 옆에는 화강암으로 된 표지석이 하나 무표정하게 서 있는데, 이 능이 신문왕릉임을 확인해 주고 있었다. 나는 스스럼없이 이 왕릉으로 들어가 상석 앞에 섰다.

―사적 181호, 신문왕릉.

삼국을 통일한 문무왕의 맏아들이자 비로소 전제왕권을 확립한 대왕의 능치고는 초라했다. 삿갓 모양의 봉분 둘레에 보호석을 두른 것 말고는 왕권에 도전한 진골 귀족 세력을 제압하고 태평성대의 기반을 닦았으며, 국학을 창설하여 설총薛聰, 강수强首 같은 대학자를 배출한 신문대왕의 능이라고는 선뜻 믿어지지 않는 것이었다. 그래서 이 왕릉을 일부 사학자들은 왕후의 섭정과 잦은 반란에 시달리다 의문의 죽음을 당한 신문대왕의 어린 아들 효소왕의 능으로 추정하고 있는 것일까.

잦은 반란.

영민한 청년 지장의 눈에는 구중궁궐의 왕궁이 태어나기 전부터 시작된 권력 암투로 인해서 도망치고 싶은 지옥처럼 보였으리라. 귀족의 반란이 시작된 신문대왕 시대는 그가 태어나기 바로 전이었던 것이다. 그래서 지장은 지옥 중생을 구원하는 지장보살이 되겠다고 맹세했던 것일까. 선사도 법사도 학승도 권력에 눈이 먼 귀족들의 욕망을 꺾을 수 없었고, 절망에 허덕이는 가난한 민초들의 눈물을 닦아 줄 수 없었던 것이다. 세상을 구원할 성자가 있다면 자신의 성불을 미루더라도 자기를 희생시켜 고달픈 중생을 먼저 구원하겠다는 지장보살의 출현밖에는 달리 희망이 없었던 것은 아닐까.

나는 왕릉을 느린 걸음으로 한 바퀴 돌며 상념에 잠겼다. 능의 누런 잔디는 노인의 머리칼처럼 허옇게 바뀌고 있었다.

—도대체 권력이란 무엇인가.

신문대왕의 무덤 속으로라도 들어가 도대체 청년 지장을 출가케 한 그 시대가 무엇이었는지 나는 몹시 묻고 싶었다. 지장은 왜 왕궁의 부귀영화를 버리고 출가했을까 하는 호기심이 솟구쳐 올랐다.

서력 681년.

신문왕 정명淨明이 즉위한 원년이었다. 귀족이라면 높은 관등을 받아 누구나 들어가 살고 싶은 왕궁은 이때부터 귀족들 간의 권력 투쟁으로 요동쳤다. 문무대왕이 삼국 통일이란 대업을 이루고 죽었을 때, 왕위는 순리대로 맏아들인 태자 정명에게 이어져야 했다.

그런데 문무대왕 법민法敏의 죽음은 비밀에 부쳐지고 왕위 계승은 묘연했다. 숙원의 대업을 이룬 대왕이므로 누구라도 땅에 엎드려 비통해 해야 할 일이었지만 왕경王京은 태풍 전야처럼 고요하기만 했다.

반역에 가담한 귀족들이 합세해서 함구해 버리자 왕경의 백성들은 그 누구도 대왕의 죽음을 알지 못했다. 일찍이 없었던 희한한 일이었다. 섬뜩한 공기가 왕궁에 흐르긴 했지만 아무도 눈치를 채지 못했다.

왕권을 탈취하려는 반역자들의 역모는 은밀하게 진행되고 있었다. 한여름의 더위가 기승을 부리며 숨을 막히게 하는 음력 7월이었다. 당연히 왕위는 문무왕 5년에 이미 태자로 책봉된 정명이 받아야 했지만 순리는 주춤거리고 있었다. 정명은 태자로 책봉된 후 바로 화랑의 우두머리인 풍월주 출신 소판 김흠돌의 딸과 혼인하여 성인이 되어 있었으므로 누군가 섭정을 해야 할 어린 나이도 아니었다.

월성 대궁 밖의 소판 흠돌의 저택에는 파진찬 흥원, 대아찬 진공이 모여 역모를 꾸미고 있었다. 놀랍게도 태자의 장인이 되는 흠돌이 반역의 좌장이 되어 진두지휘하고 있었다.

　　흠돌은 권력에 대한 야심과 어색漁色에 빠진 진골 출신의 장수였다. 소판蘇判이라면 17관등 중에서 제3위의 벼슬로서 아주 높은 관등인데도 흠돌은 거기에 만족하지 못했다. 어색에 탐닉하는 것도 마찬가지였다. 어색이란 여자를 탐하는 음욕을 가리키는 말이었다. 흠돌은 역모를 꾸미는 책략회의에서도 여인 하나를 구해 와 옆에 앉혀 놓고 술을 따르게 할 정도였다.

　　"병부령 이찬 김군관에게 왕궁 내의 시위부侍衛府 군사를 움직이지 못하도록 부탁해 놓았소. 그러니 대왕의 죽음은 절대 궁 밖으로 새나가지 않을 것이오. 순리를 따르자면 태자가 바로 왕위를 이어야 하나 오죽하면 태자의 장인 되는 내가 나서서 이런 회동을 주선하고 있겠소이까?"

　　흠돌이 말을 잠시 멈추고 의견을 구하자 진공이 물었다.

　　"흠돌 공께선 염두에 둔 인물이 있소이까?"

　　"고만고만하니 누구를 점지할지 모르겠소이다."

　　소판 바로 밑의 관등인 파진찬 흥원이 마시려던 술잔을 내려놓으며 끼어들었다.

　　"권력은 이미 소판 손에 쥐여 있으니 허수아비 왕을 내세우면 어떻겠소이까?"

성미가 불 같은 흠돌이 짜증을 냈다.

"그러니까 말씀해 보시라니까요. 언제까지 머리를 맞대고 책략만 짤 것입니까? 이러다 밤 새겠소이다."

반역의 주모자들은 하나같이 문무대왕의 맏아들 정명에게 심한 거부감을 보이고 있었다. 왕권 강화의 의지가 강한 정명에 대한 두려움 때문이었다. 정명은 태자 시절부터 삼국 통일의 대업을 이룬 장수들의 공은 인정하되 더 이상 특권은 없다는 의지를 갖고 있었고, 장수들은 문무대왕을 보좌하며 최전선에서 전쟁을 치른 자신들의 공이 무시되는 것을 좌시하지 않겠다는 입장이었다.

흠돌은 대장군 김유신과 왕자 김인문을 도와 668년 9월에 고구려 평양성을 함락하는 데 큰 공을 세워 파진찬에 오르고 바로 소판으로 승진하게 되었는데, 그때 그의 권력은 절정에 달했다. 무공의 여세에다 문명왕후를 설득하여 자신의 딸을 정명과 혼인케 하여 권부의 핵심으로 들어갔던 것이다.

화랑의 부두목 격인 부제 출신의 흥원 역시 최전선에서 전투를 치르며 혁혁한 공을 세운 장수로서 신분이 파진찬에 이르렀는데, 파진찬이라면 병권을 쥐고 흔드는 병부령兵部令에 임명될 수 있는 관등이었다.

흠돌처럼 화랑의 우두머리 풍월주를 지낸 진공도 역시 일길찬의 관등으로 신라와 당의 군사가 항복받은 고구려 땅에 파견되어 작전을 폈고, 고구려가 백제를 도우려 한다는 첩보를 입수하고는 대아찬의 관등으로 군사를 이끌고 옹포(甕浦)를 사수한 용장이었다.

"문무대왕의 친동생 김인문은 어떤지요?"

"김인문 장군이야 누구라도 승복할 수 있는 인물이지만."

진공의 말을 흥원이 자르며 손을 저었다.

"아니 됩니다. 정명 태자보다 더 수완이 좋고 인품이 뛰어나지 않습니까? 여우를 잡으려다 호랑이에게 먹히는 꼴이 되고 말 것입니다. 어찌 그런 끔찍한 소리를 하십니까?"

"그렇다면 문무대왕과 야명 사이에 태어난 인명을 옹립하면 어떠하겠습니까?"

"우리에게 호의적이긴 하지만 인명도 만만찮아요. 죽 쒀서 개 주는 꼴이 됩니다."

인명은 정명의 이복동생으로 비록 서자이긴 하지만 문무를 겸비한 인물이었다. 흠돌은 답답하여 술잔이 돌아오기를 기다리지 못하고 여인에게 술을 따르게 하고는 급히 마셨다.

"아니, 장군들은 그렇게도 머리가 안 돌아가는 것이오? 지금은 비록 우리들도 신라인이 됐다고는 하지만 진짜 진골은 아니지 않습니까? 무열대왕 혈족에게 언젠가 밀리게 돼 있다는 말이오."

흥원이 흠돌의 심중을 알아채고는 맞장구를 쳤다.

신문왕릉의 침묵

"소판, 지당한 말씀이오. 여기서 밀리면 가야 출신 진골은 신라 출신 진골에게 영원히 밀리고 말 것입니다."

무공을 세운 신라 장군들 사이에도 출신 지역에 따른 알력이 분명하게 있었다. 가야파의 후원자는 대장군 김유신과 무열왕의 왕비인 문명왕후였다. 그들의 아버지 각간 서현은 가야 출신으로 유신과 문희(문명왕후), 그리고 정희(흠돌의 어머니)를 자식으로 두었던 것이다. 그러니까 가야의 피가 흐르는 흠돌은 문명왕후의 조카가 되는 셈이었다.

흠돌은 술이 거하게 오르자 자신의 어색을 자랑스럽게 떠들었다.

"파진찬 선품善品의 마누라였던 보룡이란 과부 말이네, 과부의 딸년의 미모가 보통이 아니었지. 그래서 일찍이 내가 보룡을 찾아가 꼬드겼지. 딸을 첩으로 주면 부자로 호강시켜 주겠다고 말이네. 그런데 과부년이 어찌나 코가 센지 이빨이 조금도 안 먹히더라고. 하하하."

선품의 가문도 자존심을 내세울 만한 진골 혈통이었다. 그의 아버지가 진흥왕의 셋째 아들인 구륜공仇輪公이었으므로 보룡이 흠돌의 호색을 천박하게 여겼음은 당연했다. 더구나 흠돌은 이미 난봉꾼으로 소문나 있었던 것이다.

그런데 그때 보룡은 무열왕의 총애를 받아 몰래 당원 전군殿君을 낳아 흠돌의 이모인 문명왕후의 입장을 난처하게 만들고 있었다. 전군이란 왕이 사통하여 낳은 자식으로 서자를 예우하여 부르는 호칭이었다.

"지금 다시 생각해 봐도 자의가 왕후라니, 웃기는 일이야. 자의란 년도 지 어미를 닮아 얼굴값 좀 할 게야. 자의를 태자비로 삼은 무열대왕이 실수한 것이오. 아무리 이불 속이 좋다지만 보룡의 간청을 들어줄 게 따로 있지, 그런 악수가 어디 있단 말이오. 아니 그런가요?"

흠돌은 무열왕이 보룡의 딸 자의를 문무왕 법민의 왕비로 삼은 일을 놓고 계속 험담했다. 그러나 흠돌은 내심 두려워 떨고 있었다. 든든한 바람벽이 되어 주었던 무열왕의 정비인 문명왕후가 살아 있을 때만 해도 아무 근심이 없었는데 지금은 사정이 달랐다. 자의가 독하게 마음먹고 때를 기다렸다가 자신에게 복수할 것이 뻔했기 때문이었다.

더구나 자의는 문무왕의 병이 크게 악화되자 북원에 있던 오기를 불러 왕성을 지키는 호성장군으로 임명해 놓고 있었다. 실제로 그때부터 흠돌 무리의 반역이 시작되고 있었던바, 괴수 진공이 '주상이 병으로 누웠고, 상대등이 문서를 내리지 않았는데 어찌 중요한 직을 가벼이 넘겨주겠는가' 하고 호성장군의 인부를 쉽게 내주지 않았던 것이다.

진공도 흠돌의 속마음을 간파하고 거들었다.

"소판, 자의의 준동을 막을 수 있는 최선의 방법은 이제 없습니다. 문명왕후께서 살아 계실 때 미리 준비를 하셨어야 합니다. 하오나 늦지 않았습니다. 저에게 계책이 하나 있습니다."

"왜 준비를 하지 않았겠소. 문명왕후께 '자의가 후일 후(后)가 되어 아들을 태자로 세우면 대권이 진골 정통에게 다시 돌아갈 것이므로 가야파는 위태로울 것입니다. 유신 공의 딸 신광을 일찍 태자비로 삼아 우리 집안을 편안하게 함만 못합니다' 라고 말했소. 그뿐인 줄 아오? 나의 딸을 정명의 비로 간택해 달라고 날마다 부탁하여 성사되었던 것이오."

실제로 흠돌은 자의를 견제하기 위해 자신의 딸은 정명의 태자비로, 김유신의 네 딸 중에서 신광은 정명의 첩이 되게 하였던 것이다.

"저의 계책은 소판 나으리의 두려움을 일거에 씻어 버리는 것입니다."

"그게 무엇이오. 무엇이란 말이오?"

흠돌은 술이 거나해지면 목소리가 거칠고 커졌다. 큰소리로 진공의 대답을 재촉했다. 그러자 진공이 술 따르는 여인을 물리쳤다.

"너는 잠시 나가 있거라."

여인이 나가 있는 동안 진공이 주위를 두리번거리더니 말했다.

"소판, 복잡하게 누구를 옹립할 것 없소이다. 소판께서 주상이 되시면 그만입니다. 그리 되면 자의가 무에 그리 두렵겠소이까?"

"허허. 진공의 말씀은 지나치십니다."

흠돌은 자신의 심중을 들켜 버린 듯 헛기침을 했다. 그러나 그의 얼굴에는 회심의 미소가 스쳤다. 겉으로는 거절을 했지만 내심 기다리고 있던 계책이 진공에게서 나왔기 때문이었다. 흥원도 몸이 달아 거들었다.

"흠돌 공, 지금이 적기입니다. 문무대왕의 장례를 치른 후에는 거사가 늦습니다. 지금 바로 결단을 내리셔야 합니다."

흥원과 진공은 벌써 흠돌이 주군이 된 것처럼 술상 밑으로 내려와 무릎을 꿇고 맹세를 하고 있었다.

"소판, 결단을 내리소서."

누가 먼저랄 것도 없이 흥원과 진공이 칼로 손가락을 베더니 술잔에 피를 채웠다. 흠돌은 짐짓 거드름을 피우며 그들을 일으켜 세웠다.

"자자, 일어나시오. 거사의 성공을 위해 건배를 들어야지요. 어서."

흠돌도 자신의 손가락을 베어 술잔에 피를 떨어뜨렸다. 원래 장수끼리 맹약할 때는 백마의 목을 잘라 피를 내어 마시는 전통이 있지만 그러기에는 시간이 급했다. 술잔에는 세 사람의 붉은 피가 섞

신문왕릉의 침묵

였다. 흠돌이 먼저 입술에 피를 묻히고 건네주자, 흥원과 진공이 눈알을 부라리며 자신들의 붉은 피를 마셨다.

다음날.

자의는 왕궁 밖으로 궁녀를 몰래 보내 흠돌의 역모를 소상히 파악했다. 우선 왕궁의 시위侍衛 군사로 반역에 가담한 흠돌의 반란군을 막아야 했다. 그러나 어찌 된 일인지 군권을 쥐고 있는 병부령 이찬 김군관은 움직일 기미를 보이지 않았다.

자의는 자신이 거처하는 자의궁으로 김군관을 불렀으나 그는 나타나지 않고 미적거리기만 했다. 마음이 다급해진 자의가 직접 김군관이 머무는 병부령 막사로 달려갔지만 늙은 그는 수염을 만지작거릴 뿐 딴청을 피웠다.

"왕비마마, 어인 일이십니까?"

"병부령께서는 궁 안에 떠도는 변란의 소문을 못 들으신 것입니까?"

"마마, 진정하시고 천천히 말씀하소서."

"병부령께서는 정말 아무런 보고도 받지 못했다는 것입니까?"

"아니, 무슨 말씀인지 신은 어리둥절하옵니다. 시위부 군사는 철통 같사옵니다. 그러하오니 안심하소서."

문득, 자의는 병부령 김군관도 역모에 가담하고 있거나 방관하고 있다는 직감이 들었다. 자의는 침소인 자의궁으로 돌아오면서 정명을 움직여 오늘은 무슨 일이 있어도 김군관 같은 박쥐를 갈아치워야겠다고 입술을 깨물었다.

정명은 아직도 부왕을 잃은 비통함에서 깨어나지 못하고 있었다. 식음을 전폐한 채 부왕의 시신을 지키고 있었던 것이다. 비록 아버지와 아들 간이라 하지만 그들의 관계는 그것을 뛰어넘었다. 삼국 전쟁을 함께 치른 전우이자, 통일의 대원을 같이한 동지였으며, 눈빛만 봐도 심중이 헤아려지는 지기였던 것이다. 그러니 부왕의 죽음은 정명으로서는 받아들이기 힘든 현실이었다.

자의는 문무왕의 시신이 안치된 침궁으로 발길을 바꾸었다. 어리둥절해하는 궁녀에게 말했다.

"어서 침궁으로 앞서거라."

자의는 문무왕의 시신이 안치된 침궁이 지척에 있지만 종종걸음으로 서둘렀다. 궁녀 역시 왕후의 다급한 거동으로 보아 궁에 무슨 큰일이 일어난 것이라고 짐작은 했지만 정작 문무왕의 죽음은 모르고 있었다. 자의의 입술은 바싹 마르고 눈은 잠을 못 이루어 붉게 충혈되어 있었다.

그런데 침궁으로 달려간 자의왕후는 침궁 문에서 수문장 지명에게 저지당하고 말았다.

"왕비마마, 그 누구도 침궁 출입을 못하게 하라는 태자마마의 엄명이 있었사옵니다."

"태자가 어찌 어미의 발걸음까지 막는단 말이오?"

"돌아가신 대왕마마의 옥체를 무사히 보존하기 위해 내린 조치이옵니다."

"언제 지시가 내리었소?"

"어젯밤 자시였사옵니다. 그래서 저희 군사들은 침궁 문을 겹겹으로 지키고 있사옵니다. 그러니 마음을 놓으시고 돌아가소서."

비록 병부령 김군관의 지시를 받는 부하지만 수문장 지명은 믿을 수 있는 화랑 출신이었고, 더구나 그는 자의의 천거로 수문장이 된 대감이었다. 그러나 자의는 수문장의 말을 무시하고 침궁문을 들어서려 했다.

"아니 되옵니다, 왕비마마."

"지체할 수 없는 큰일이오. 그러니 어서 비키시오."

"그렇다면 잠시 기다려 주시옵소서. 태자마마께 여쭤보고 오겠나이다."

자의는 발을 동동 구르며 기다렸다. 궁녀도 심상치 않은 분위기를 감지하고서는 침궁을 기웃거렸다. 침궁 안은 무장한 군사들이 겹겹이 에워싸고 있었다. 잠시 후, 침궁 밖으로 나온 수문장 지명이 자의에게 좀 전의 말을 되풀이했다.

"누구도 들이지 말라는 분부이십니다. 왕비마마께서 걱정하시는 것이 무엇인지 태자마마께서는 잘 알고 있사옵니다. 그러니 너무 걱정 마시옵소서. 지명은 목숨을 바쳐 침궁을 지킬 것이오며 태자마마의 신변을 안전하게 보호할 것이옵니다."

"호성장군 오기 공은 어디에 계시오? 이런 때 어디서 무엇을 하고 있는 것인지 답답하오."

"궁 밖으로 급히 나가셨습니다."

이때 호성장군 오기는 궁 밖으로 나가 우군이 될 장수들을 만나고 화랑의 낭도 사병을 불러 모았는데, 장수는 백제나 고구려와의 전쟁에서 무공을 세운 순원, 개원, 당원, 원수, 용원 등이었다. 특히 당원은 자의의 어머니인 보룡과 무열왕 사이에서 태어난 서자 전군殿君으로서 일찍이 어머니에게 수모를 주었던 흠돌에게 이를 갈고 있는 장수였다.

자의는 마음이 조금 놓였다. 지명은 흠돌의 역모를 어느 정도 눈치채고 있음이 분명했다. 그는 오기가 올 때까지 두 가지 임무를 충직하게 수행하고 있었다. 반역의 괴수에게 문무왕의 시신을 탈취당하지 않는 것과, 태자 정명의 안위를 보호하는 것이 지명에게 주어진 임무였던 것이다.

그래도 자의는 일각이 여삼추 같았다. 반역의 무리들이 자신의 목을 죄어 오는 것 같아 목에 물도 넘어가지 않았다.

"늙은 여우 같은 흠돌, 어디 두고 보자. 일찍이 사가에 있던 우리 모녀를 능멸하다가 이제는 왕실까지 넘보다니."

그날 밤늦게 오기가 자의궁으로 찾아와 말했다.

"적들 편에 있던 대궁 안의 대감을 모두 파면하였습니다. 내일 아침이면 적들이 놀라 궁 밖에서 소란을 피울 것이나 크게 신경 쓰지 마시옵소서."

오기는 자의에게 자신만만하게 말했다.

"호성장군 오기 공께서 옆에 계시니 비로소 물 한 모금이라도 마음 놓고 마실 수 있겠습니다. 대감들을 파면했다고요?"

"그렇사옵니다. 적들 편에 선 대감들이었습니다."

대감이란 일정 규모의 시위부 군사를 통솔하는 무관의 벼슬이었다. 그러니 궁 안의 시위부에서 3교대하는 삼도 군졸들이 적들 편에 가담한다 해도 대감만 파면하면 그들은 지휘관을 잃은 오합지졸이나 마찬가지였다. 거기에다 오기는 최근에 화랑의 우두머리인 풍월주를 지냈으므로 추종하는 낭도 사병私兵들이 많았고, 그들이 합세하면 대궁 안은 무리 없이 장악할 수 있을 것이었다. 그때 문 밖에 여인의 그림자가 어른거렸다. 자의왕후의 시중을 드는 궁녀였다.

"마마, 사람이 찾아왔사옵니다."

"누구더냐?"

"낭두라 하옵니다."

낭두라 하면 오기의 심복이었다.

"들라 하시오."

낭두가 머뭇거리며 오기에게 보고를 했다.

"흠돌이 사람들을 시켜 왕경 밖의 군사를 입성시키고 있다 하옵니다. 그리하여 야명궁과 김군관의 사택을 포위하여 난을 일으키려 하고 있다는 급보이옵니다."

"그래, 다 알고 있느니라. 어서 나가 경계를 더욱 철저히 하라."

"네, 그러겠사옵니다."

흠돌의 군사가 그들의 반역에 동조하고 있는 김군관의 집을 불태운다는 것은 의외였다. 아마도 그것은 군사를 통솔하는 군권마저 장악하겠다는 계책이 분명했다. 그렇다면 병부령 김군관은 역모의 무리들에게 이용당하다가 내팽개쳐지는 셈이었다.

날이 새고 있었다.

오기는 자신의 전술에 따라 왕궁 안에서 대기했다. 궁 밖에서는 예상했던 계책대로 전황이 벌어지고 있었다. 흠돌의 군사들이 대감들의 전격적인 파면에 당황하여 대궁을 포위하고 있었다. 그러나 오기는 회심의 미소를 지으며 서불한舒弗邯 진복의 공격을 기다렸다. 장수 진복의 타격대가 적들의 포위를 후방에서 뚫고 진격하는 작전을 세워 두었던 것이다.

후방을 막지 못한 흠돌의 군사는 허술한 성벽처럼 쉽게 무너져 버렸다. 진복이 큰소리로 무섭게 말했다.

"너희들은 적신에게 미혹되었으니 죽음을 면할 수 없을 것이다."

이에 흠돌은 자신을 따르는 군사들에게 소리쳐 말했다.

"병부령 군관과 각간 진복이 대왕마마의 밀조를 받아 인명을 즉위시켰느니라."

흠돌의 말이 떨어지자마자 진복이 크게 비웃으며 말했다.

"네 이놈! 반역의 괴수 흠돌은 들으라. 나는 대왕마마의 밀조를 받지 않았을 뿐더러 인명 왕자는 결코 즉위한 일이 없느니라. 감히 누구를 속이려 드느냐."

대궁 안에서 지켜보고 있던 병부령 김군관은 반역의 군졸들이 우왕좌왕하는 것을 보고는 꿈쩍을 안 했다. 흠돌 군사에게 가담하지 않고 지금까지의 태도를 바꿔 중립을 지켰다. 진복이 다시 흠돌의 군사들을 향해 꾸짖듯 소리쳤다.

"대왕마마께 충성할 자는 오른쪽, 적을 따를 자는 왼쪽으로 서라!"

이미 대세는 결판났다. 진복의 위엄에 눌린 군졸들이 하나둘 오른쪽으로 서게 되었고, 흠돌은 반역이 미수에 그친 것을 알고는 뒤로 도망치려 하였다. 그 순간을 기다렸다는 듯 오기가 왕궁 안의 군사를 풀어 비호처럼 내달아 후퇴하는 흠돌의 군사를 격파해 버렸다.

마침내 오기는 흠돌, 흥원, 진공, 즉 역모의 우두머리 삼간三奸을 잡아 새로 왕위에 오른 신문왕에게 바쳤다. 반역이 평정되고 난 며칠 후, 신문왕 정명은 서불한 진복을 상대등으로 삼아 왕권의 안정을 꾀했다. 그리고 나서 반역에 가담한 자들을 모두 참형하고 준엄한 교서를 내렸다.

역적의 괴수 흠돌, 흥원, 진공 등은 그 지위가 재능으로써 오른 것이 아니요, 벼슬은 실로 은덕으로써 올라간 것인데, 처음부터 끝까지 근신하여 부귀를 보전하지 못한 바 흠돌 등은 악이 쌓이고 죄가 차서 그 음모가 겉으로 드러나게 되었다. 이제 이 요사스런 무리들이 숙청되어 원근에 걱정이 없어졌으니 소집했던 병마는 마땅히 빨리 돌아가게 하고 사방에 포고하여 이 뜻을 알게 하라.

이로부터 스무날 후에는 어머니인 자의의 명을 받아 정명은 병부령 이찬 김군관과 그 맏아들을 스스로 자살케 하고 또 교서를 내렸다.

임금을 섬기는 법은 충성을 다함을 근본으로 삼고, 벼슬살이를 하는 의리는 두 마음을 갖지 않음을 근본으로 삼는 것이다. 병부령 이찬 군관은 연줄을 타고 반열에 끼여 드디어 윗자리에 올랐으나, 임금의 잘못을 바로잡아 조정에 청백한 절개를 바치지도 못하고 목숨을 버리고 몸을 잊고서 나라에 붉은 충성을 표하지도 못하고서, 이에 반역한 신하 흠돌 등과 교섭하여 그 역모의 사실을 알면서도 일찍이 알리지 않았다. 이와 같이 이미 나라를 근심하는 마음이 없고, 다시 국사를 위해서 몸을 바칠 뜻도 없어졌는데, 어찌 거듭 재상의 자리에 두어서 법도를 함부로 흐리게 할 수 있으랴. 마땅히 무리들과 함께 죽여서 후배들을 징계해야 할 것이므로 군관과 그 맏아들 한 사람을 자살시켜 원근에 널리 알려 모두 이를 알게 하라.

비로소 정명은 지체 없이 첫째 왕비였던 흠돌의 딸을 출궁시키고, 일길찬 김흠순의 작은딸을 새 왕비로 맞아들였다. 그가 바로 정명의 두 번째 부인 신목왕후인 것이다.

『삼국사기』나 『삼국유사』에 의하면, 신문왕은 첫 번째 왕비와의 사이에서 아들을 갖지 못했고, 두 번째 왕비 신목왕후와는 아들을 두게 된다. 『삼국사기』는 이홍과 흥광, 『삼국유사』는 효소, 보천(보질도), 효명이라는 아들을 두었다고 기록하고 있는 것이다.

그런데 불행하게도 신문왕은 네 살의 어린 효소를 태자로 책봉한 후 재위 11년 만에 죽는다. 그리하여 세상을 전혀 모르는 천진

난만한 5세의 효소왕은 또다시 왕권을 노리는 역모의 회오리바람 속에 갇히고 만다.

나는 눈이 쌓여 허옇게 변한 신문왕릉을 나섰다. 마치 왕릉 속으로 들어가 신문왕과 흠돌의 반역을 보고 나온 느낌이었다.

―욕망은 인간을 미치게 하고 마는구나. 여색에 미치고 왕권에 미쳐 마침내는 참형을 당하고 마는구나. 반역의 괴수 흠돌이 증명하고 있지 않은가.

그러고 보니 신문왕릉은 권력과 여색의 욕망을 버리라고 외치는 듯했다. 그것이 바로 본래의 인간으로 남아 있게 하는 길이라고. 나는 문득 천년 전 청년 지장도 나와 같은 상념에 잠기지 않았을까 하고 생각했다. 어쩌면 지장은 나보다 더 깊은 상념에 빠져 밤을 새웠을 것이었다. 그는 가까운 선대의 근족近族과 얽힌 반역의 이야기를 어린 시절부터 듣고 자란 왕궁 안의 왕족이었던 것이다.

―욕망을 좇아 살 것인가, 욕망을 버리고 살 것인가.

지장의 고민은 바로 그것이었을 터였다. 왕도의 길을 걸을 것인가, 법도의 길을 걸을 것인가. 왕도王道란 권력을 좇는 길이고, 법도法道란 마음을 비우는 불법의 길인 것이다.

나는 서둘러 신문왕릉을 빠져나와 남산 가는 길로 달렸다. 천년 전 지장이 올랐던 바로 그 산이었다.

남산.

천년 전의 남산은 신라인들의 이상향이었다. 더 신앙적으로 말하면 신라인들이 고달플 때 찾는 자비의 불국이었던 것이다. 불국은 현재의 정토가 되었고, 그리하여 신라인들은 남산의 골짜기마다 절을 짓고 탑을 세우고 바위마다 부처를 새겼던 것이다.

남산마을을 관통하자 사과밭 사이로 비포장도로가 나오고 승용차가 더 이상 갈 수 없는 산의 초입이 보였다. 다행히 사과밭 끝에는 승용차를 서너 대 주차할 수 있는 공터가 있어 나는 안심하고 주차했다.

산길은 솔숲 사이로 나 있었다. 외길이라고는 하지만 초행이었으므로 나는 주위를 두리번거리다가 눈 쌓인 산길에 발자국을 남기며 오르기 시작했다. 잠시 후 뒤돌아보니 하얗게 설경으로 변해 버린 경주의 분지가 한눈에 들어왔다. 바가지를 거꾸로 군데군데 엎어 놓은 듯한 왕릉들도 눈에 띄었다.

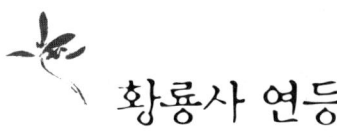

황룡사 연등

신라인들은 서라벌의 남산과 오대산을 불교 신앙의 성지로 여겼다. 남산이 백성들의 성산聖山이라면 오대산은 출가 수행자들의 불국佛國이었다. 출가하면 당연히 문수보살과 지장보살이 상주하는 오대산으로 먼저 들어가 수행하는 것이 당시 신라의 분위기였는데, 그것은 일찍이 자장율사가 부처의 진신사리를 신령한 오대산 산자락에 안치하면서 비롯되었다.

갓 출가한 지장도 오대산 깊은 골짜기에 조그만 띳집을 짓고 종자 한 명과 왕경에서 데리고 온 흰 개 선청善聽과 더불어 살았다. 종자는 길잡이 겸 짐꾼으로 왕경의 대궁에서 따라왔으나 서라벌로 돌아가기를 망설였고, 흰 털이 텁수룩한 선청은 지장이 강아지 때부터 키워와 헤어질 수 없었던 것이다.

지장이 오대산으로 멀리 온 또 다른 이유는 사랑하는 낭낭을 잊기 위한 방편이기도 했다. 지장은 깊은 산에 들어와서도 낭낭이 불현듯 생각나면 좌선하다가도 일어나 가파른 산자락을 미친 듯이 돌아다녔다. 마음속에 찌꺼기처럼 남아 자신을 괴롭히는 낭낭의 잔영을 지우기 위해서였다. 어떤 날은 오대산 남대나 북대 자락을 한 바퀴 돌다가 산비탈 낭떠러지로 굴러 떨어지기도 했다.

몸은 오대산에 있다지만 마음은 서라벌에 가 있으니 수행자로서 괴로운 노릇이었다. 중생을 구원하는 지장보살이 되겠다고 출가했으나 사랑하는 한 여자를 못 잊어 괴로워하는 자신을 발견할 때면 부끄럽기 짝이 없었다.

그날도 지장은 달 밝은 밤에 좌선대를 찾았다. 좌선대란 오대산 북대 아래의 천길 절벽 위에 있는 널따란 바위를 말했다. 훗날 고려시대 나옹선사가 오대산에 숨어 살면서 좌선대에 앉아 다음과 같이 노래했던 바위였다.

> 청산은 나를 보고 말없이 살라 하고
> 창공은 나를 보고 티없이 살라 하네
> 탐욕도 벗어놓고 성냄도 벗어놓고
> 물같이 바람같이 살다가 가라 하네.

지장은 삼경에 이르도록 좌선 삼매에 들지 못하고 바위에 앉아 자신의 무릎을 짓누르고 있었다. 거친 바위가 생살을 찢어 피딱지가 생겼다.

―출가란 모든 것을 버리는 것이라고 하지 않았던가. 한데 나 김지장은 아직도 버리지 못한 것이 하나 있으니 이 일을 어이할거나. 낭낭을 아직도 잊지 못하고 있으니 수행자로서 부끄럽기만 하구나. 사랑하는 것도 업이 되는지를 이제야 알겠구나.

지장의 무릎엔 퍼렇게 피멍이 맺혔다. 지장은 낭낭에 대한 연정을 끊지 않고는 결코 좌선대에서 일어나지 않겠다고 입술을 깨물었다. 죽기를 각오하고 낭낭을 아주 잊으려고 무섭게 작심했다.

―그렇다. 수행의 첫 장애는 낭낭이다. 아무리 고행정진하여 깨달음을 얻는다 해도 애욕이 마음속에 남아 있다면 그 경지는 완전한 것이 못 되리라. 사사로운 애욕이 남아 있는 한 결코 나는 세상의 중생을 구원하는 보살이 될 수 없으리라.

삼경이 넘어가자 풀벌레 울음소리도 찬 이슬의 기운에 눌려 뚝 끊어졌다. 산짐승을 볼 때마다 컹컹 짖던 선청도 머리를 두 다리 사이에 묻고 졸았다. 낭낭의 얼굴처럼 둥근 달은 여전히 지장의 머리 위에서 푸른빛을 뿌리고 있었다. 이슬이 어깨에 내려 어깨가 차갑게 굳고 있었지만 그래도 지장은 좌선을 풀지 않았다.

지장이 낭낭을 못 잊어 하는 것은 철없이 장래를 약속한 죄책감 때문이기도 했다. 지장은 낭낭을 밤마다 남천 개울가에서 몰래 만나면서 마음이 불덩이처럼 달아올라 성급하게 장래를 약속해 버렸던 것이다.

두 사람은 혼사가 이루어질 수 없는 신분이었다. 부부가 되려면 서라벌을 멀리 떠나 변방 산 속으로 도망친다면 모를까, 그렇지 않고는 불가능했다. 일찍이 원효성사도 요석 공주를 데리고 서라벌에서 천리도 더 떨어진 소요산으로 도망쳐 설총을 낳고 기르지 않았던가.

낭낭은 왕경의 변두리에 사는 평민이었고, 지장은 대궁에 사는 왕의 혈족이었다. 지장은 성골인 데 반해 낭낭의 아버지는 2두품의 신분이었다. 2두품은 벼슬이 아니라 왕경 안의 3궁을 둘러싼 6부 아래 형성된 조그만 마을에서 연명하는 평민에 불과했다. 6부의 수장인 6두품만 해도 왕경으로 진출하여 더 높은 골품을 받을 수 있는 신분이었지만 2두품 이하는 농사나 수렵을 하다가도 불시에 전쟁이나 노력에 동원되는 평민이었다.

지장은 태어나서 처음으로 골품제를 원망했다. 사람이 사람 위에 군림하기 위해 지배계층이 만든 제도였다. 골품제도는 서라벌에 사로국을 건국했던 지배 세력들이 6촌의 씨족을 다스리기 위해 만들었다가 나중에는 진한 소국을 복속하면서 왕경인과 지방인을 구분하여 통치하고자 세분화시켰고, 마침내 법흥왕 7년에 완성되었다.

지장이 남천에서 낭낭을 만난 것은 왕경의 대궁과 낭낭의 가족이 사는 사량부가 가깝기 때문이었다. 뿐만 아니라 남천은 인적이 드물고 갈대밭이 넓게 퍼져 있어 서라벌의 남녀가 몰래 만나는 장소로는 그만이었다.

낭낭에게 강아지 선청을 선물 받은 장소도 남천의 갈대밭이었다. 지장은 종자더러 사량부로 찾아가 자신의 뜻을 그녀에게 전하라고 했던 것인데, 밤이 되자 그녀는 남천에 먼저 나와 부끄럽게 무언가를 안고서 고개를 숙이고 있었던 것이다.

지장이 낭낭을 우연히 처음 본 것은 황룡사 입구에서였다. 초파일이 다가오고 있었다. 사람들은 연등을 미리 달기 위해 황룡사로 밀물처럼 모여들었다. 황룡사 입구에는 임시로 큰 시장이 섰다. 시장은 규모가 대단해서 대궁의 왕족이 파견 나와 장사치들을 관리했다. 황룡사 앞 광장은 아무나 터를 잡고 장사할 수 있는 곳이 아니었다. 적잖게 세를 바친 사람만이 물건을 팔 수 있었다. 임시 시장이었지만 곡물에서부터 여인들의 장식품까지 서라벌의 모든 물건이 다 나와 가게나 좌판 위에 놓였다.

물론 세를 내지 않고 시장 한 귀퉁이에서 조그만 좌판을 놓고 장사하는 사람도 있었다. 그들은 시장을 관리하는 왕족이 나타나면 재빨리 보따리를 들고 도망쳐야만 했다. 시장은 동시東市와 서시西市로 나뉘어 있었는데, 동시는 왕족인 소우昭佑, 서시는 소보昭普가 다스렸다. 두 형제는 지장의 외삼촌이기도 했다.

낭낭은 신도들이 북적거리는 동시의 길 가운데서 마른풀로 엮어 만든 신발을 가지고 나와 팔고 있었다. 그녀의 얼굴은 시장의 모든 여자들 중에서 가장 눈이 부실 정도로 빼어났으므로 신발은 금세 동이 났다. 낭낭의 아버지가 사량부 남산 기슭의 집에서 황룡사까지 신발 보따리를 메고 뛰어다녀야 할 정도였다.

서라벌의 사내들이 신분의 고하를 막론하고 낭낭의 얼굴을 한 번이라도 보고자 모여들어 길이 막혀 버리곤 했다. 황룡사 젊은 승려들이 나와 길을 정리했고, 급기야는 소우와 소보가 달려 나와 낭낭을 쫓아 버렸다. 주정꾼인 낭낭의 아버지는 숨을 헐떡이며 남은 신발을 마저 팔라고 낭낭을 부추겼다.

"낭낭아, 어서 팔고 가자."

"아버지, 마저 팔려고 했다가는 소우 나으리에게 신발을 뺏깁니다. 자, 오늘 번 돈 여기 있으니 어서 집으로 돌아가요."

낭낭은 신발을 팔아 모은 돈을 아버지에게 남김없이 건네주었다. 그제야 낭낭의 아버지는 히죽거리며 물러서더니 주가의 술청 어멈에게 달려가 버렸다.

낭낭은 미간을 찌푸리며 두 눈을 감았다. 아버지에게 동전을 다

주어 버린 것을 후회했다. 올 초파일에는 꼭 연등을 사서 달고 싶었던 것이다. 낭낭은 주위를 두리번거렸다. 남은 신발은 싸구려 짚신뿐이었다. 남은 세 켤레는 다 팔아 보았자 연등 하나 값이 될까 말까 했다. 황룡사의 연등은 왕경 사람들이 너도나도 달려고 주문하기 때문에 다른 절보다 값이 비쌌다. 더구나 부처님이 계시는 법당에 다는 연등 값은 밖에 거는 것보다 몇 배나 더했다. 낭낭은 연등을 법당 안에는 달지 못하더라도 절의 뜰 한쪽 구석에라도 꼭 달고 싶었다.

낭낭에게는 그럴 만한 까닭이 두 가지나 있었다. 하나는 병으로 몇 해째 누워 있는 어머니가 쾌차해 일어나도록 빌고, 또 하나는 아버지가 술을 덜 마시게 해 달라고 부처님께 빌고 싶었다.

낭낭은 할 수 없이 남은 신발을 꺼내 두 손에 들었다. 바로 그때였다. 소우가 나타나 낭낭의 신발을 빼앗았다.

"네 이년, 여기가 어딘 줄 알고 함부로 장사하려 드느냐?"

"나으리, 죄송합니다."

"남은 짚신이 이것뿐이냐?"

"나으리, 그렇습니다."

"그렇다면 아침부터 나의 허락 없이 장사를 했다는 말이구나. 초파일이 다가오고 이곳이 신성한 절 앞이니 특별히 봐주겠다."

"나으리, 감사합니다."

"대신, 신발을 판 동전이 네 호주머니에 들어가 있을 터이니 네가 알아서 조금 내놓고 가거라."

"저에게는 동전이 한 푼도 없습니다."

"누구를 놀리는 것이냐! 어찌 한 푼도 없다고 거짓말을 하려 드느냐."

"사실인즉 제 아버지께 다 주어 버렸사옵니다."

"안 되겠구나. 따라오너라."

그때 지장은 말에서 내려 종자와 함께 수군거리는 구경꾼들을 뚫고 들어갔다. 그곳에서는 난생처음 보는 광경이 벌어지고 있었다. 외삼촌인 소우가 채찍을 들고서 낭낭을 거칠게 끌고 있었다. 이런 일이 왕경 거리에서, 그것도 신성한 황룡사 일주문 앞에서 어찌 대낮에 벌어질 수 있다는 것인지 지장은 믿어지지 않았다. 지장은 외삼촌 앞으로 가서 말했다.

"외삼촌, 이 여인을 제게 맡기십시오."

"마마, 이 여자는 이곳의 법을 깔보고 있습니다. 그러니 혼을 내서라도 가르쳐 줘야 합니다."

"내가 당부하겠으니 여인을 그만 놓아 주시오."

소우는 지장의 말을 더 이상 거역하지 못했다. 왕족 간에도 신분상의 차별과 품계는 엄격했던 것이다. 지장이 비록 정비의 소생은 아니더라도 왕족들의 왕권 투쟁 속에서 어느 순간에 왕위를 이을지 모르므로 그의 말은 명命이나 다름없었다.

침을 퉤 뱉으며 소우가 물러서자, 지장은 땅에 끌려가느라 흙먼지를 뒤집어쓴 낭낭에게 물었다.

"이제 아무 일 없을 것이니 걱정 마시오."

"나으리, 고맙습니다."

"이곳에서 무엇을 팔고 있소?"

"사량부 남산마을에 사는 낭낭이라 하온데 신발을 팔아 왔사옵니다."

"사량부라 하면 혜통국사께서 태어나신 곳이 아니오?"

"혜통국사님께서는 어린 시절 저희 아버지와 한 마을에서 자랐다고 하옵니다."

지장은 혜통국사가 태어난 마을에서 왔다는 낭낭을 다시 쳐다보았다. 왕궁의 여인들에게서 보지 못했던 상큼한 기운이 낭낭의 얼굴에 가득했다. 누런 흙먼지가 묻어 있었지만 낭낭의 얼굴은 과일처럼 싱싱했다. 게다가 눈은 어찌나 맑고 깊은지 측은한 마음이 일었다.

"그 짚신을 이리 주시오. 내가 다 사겠소."

낭낭은 비단옷을 입은 지장을 보고는 단박에 그가 지체 높은 왕족임을 알아보았다. 더구나 지장은 가죽 신발을 신고 새의 깃을 장식한 조우관鳥羽冠을 쓰고 있었다.

"아닙니다. 지체 높으신 나으리께서는 신지 못하는 짚신이옵니다."

"괜찮소."

"이 짚신을 팔아 연등을 살까 했사옵니다만, 어찌 이 천한 신발을 나으리께 팔아 제 욕심만 채울 수 있겠사옵니까."

"허허. 연등을 사겠다고 했소?"

"네."

"어서, 이리 주시오."

결국 낭낭으로부터 짚신을 사게 된 지장은 그것을 종자에게 선물했다. 종자는 뜻밖에 신발이 생겨서인지 입을 다물 줄 몰랐다.

지장이 낭낭에게 사랑을 느낀 때는 초파일 밤이었다. 수많은 연등이 황룡사 뜰을 환하게 밝히고 있었다. 산처럼 솟은 구층탑 주위도 연등 불빛으로 대낮처럼 밝았다. 연등은 구층탑 꼭대기까지 사방팔방으로 달려 불을 밝히고 있었던 것이다. 황룡사는 말 그대로 연화불국을 이루고 있었다.

연화불국의 밤은 조용했다. 낮 동안은 왕경 사람들이 밀물처럼 밀려들어 절을 가득 채웠으나 밤에는 썰물처럼 빠져나가고 없었다. 이따금 밤중 기도를 준비하기 위한 승려와 신도들이 연등 밑을 오갈 뿐이었다.

지장은 낮 동안에는 움직일 수 없었다. 혜통국사를 초청하여 왕실 불당에서 치러지는 법회와 연회에 참석하느라 눈코 뜰 새 없었던 것이다. 밤이 되어서야 지장은 왕실을 빠져나와 황룡사로 향할 수 있었다.

지장은 평민이 입는 옷으로 변복을 했다. 그래야만 황룡사에 가서도 주지승을 만날 필요가 없고 부담스러운 접대를 받지 않아도 되었다. 그래도 무술에 능한 종자는 항상 데리고 다녔다. 지장은 종자를 앞세우고 서둘러 황룡사로 갔다.

법당으로 바로 들어간 지장은 무릎을 꿇고 빌었다. 법당 천장에는 수백 개의 연등이 불이 켜진 채 연꽃 바다를 이루고 있었다. 지장은 마치 연꽃이 만발한 용궁에 들어온 기분이 들었다. 연등 불빛에 드러난 부처의 미소가 더없이 자비로웠다. 부처의 미소는 지장에게도 전염되었다. 지장도 슬며시 미소를 지었다.

그때 종자가 법당 문 밖에서 지장을 불렀다.

"마마, 저기 신발을 파는 여자가 있사옵니다."

"그게 어쨌다는 것이냐?"

"마마께서 곤경에 빠진 저 여인을 구해 주지 않았습니까? 저 여인에게 짚신을 사서 저에게 선물하셨고요. 헤헤."

"아, 그랬었지."

지장은 며칠 전에 동시 거리에서 만났던 여인을 떠올리고는 법당 밖으로 나왔다. 뜰은 어두웠지만 연등 불빛이 환해서 한눈에 낭낭을 알아볼 수 있었다. 지장은 구층탑을 지나 종각 쪽으로 걸어갔다. 종자가 앞서 가 낭낭에게 말을 걸었다.

"마마께서 이쪽으로 오고 계십니다."

"마마라니요?"

"며칠 전에 짚신을 사셨던 마마를 벌써 잊으셨습니까?"

"아, 그분을 어찌 잊을 수 있겠사옵니까? 그분이 바로 마마셨군요."

지장이 다가와 말했다.

"고개를 드시오. 낭낭은 왜 이 한갓진 곳에 서 있는 것이오."

"이곳에 연등을 걸고 축원하고 있었사옵니다."

"연등을 사 달았다니 다행이오."

"네, 바로 이 연등이옵니다."

낭낭이 가리킨 연등은 구층탑에서 종각까지 뻗어온 줄의 맨 끝에 달려 있었다. 낭낭은 시장 거리에서 보았던 강한 모습과 달리 여염집의 다소곳한 규수로 변해 있었다. 흰옷의 치마와 저고리 차림에 머리는 정갈하게 땋아 늘어뜨리고 있었다.

"저것도 제가 단 연등이옵니다."

"두 개를 달았단 말이오?"

"마마, 처음에는 한 개만 달려고 했으나……."

"그런데 또 한 개를 더 달았단 말이오?"

"마마를 위해 소원을 빌고 싶어 또 달았사옵니다."

"나를 위해서라고."

"마마께서 저를 구해 주시지 않았더라면 저는 가지고 있던 짚신을 다 빼앗겼을 터이고, 장사치들 앞에서 크게 망신당했을 것이옵니다."

"그래 빚을 갚겠다는 것인가요?"

"은혜를 갚고 싶사옵니다."

지장은 소리 내어 웃으며 말했다.

"하하하. 난 아무것도 도움을 준 것이 없는데 연등을 달아 나를 위해 기도한다니 오히려 내가 미안해지는구려."

지장은 낭낭의 눈이 밤하늘의 별처럼 반짝인다고 느꼈다. 실제로 낭낭의 두 눈동자에는 연등의 불빛이 보석처럼 영롱하게 어리어 있었다. 종자가 지장에게 길을 재촉했다.

"마마, 이제 대궁으로 돌아갈 시간이옵니다. 조금 있으면 궁문이 닫히옵니다."

"그래, 가자꾸나."

지장은 그날 밤 잠을 이루지 못했다. 낭낭의 호수처럼 깊은 눈이 잊히지 않았다. 눈뿐만 아니라 코도 입도 뺨도, 목화처럼 하얗게 드러난 목덜미에다 복사꽃처럼 붉은 귓불까지 아련하게 어른거렸기 때문이었다.

낭낭을 왕궁에서 마음대로 만날 수 없는 골품제도가 원망스럽기조차 했다. 단 한번도 불편하다고 생각해 본 적이 없는 골품제도였지만 낭낭을 만난 이후로는 그것이 사람을 차별하는 제도라는 것을 뼈저리게 느꼈다.

―나와 낭낭은 다 같은 사람이 아닐 것인가. 그러고 보니 나는 골품이란 것이 있어 부귀영화를 누리고 있었고, 낭낭은 바로 골품 때문에 고초를 겪어 왔구나.

지장은 낭낭을 만나 위안을 주고 싶었다. 붓을 들어 목간에 낭낭을 만나고자 한다는 글을 썼다가는 지우고 다음날 낮에 종자를 불렀다. 지장은 종자에게 말을 타고 사량부에 있는 낭낭의 집을 다녀오게 했다.

보름달이 뜬 밤이었다.

낭낭은 남천 갈대밭에 먼저 나와 지장을 기다리고 있었다. 웃자란 갈대들이 봄바람에 너울너울 춤을 추고 있었다. 달빛이 번들거리는 남천의 개울물은 사금밭처럼 반짝이고 있었다. 지장은 종자에게 개울가에서 말먹이를 시키고는 갈대밭으로 내려갔다.

낭낭은 품에 무언가를 안고 있었다. 그녀는 죄지은 사람처럼 고개를 푹 숙이고 있었다. 지장이 말문을 열었다.

"종자를 보내어 놀라게 했다면 미안하오. 하고 싶은 말이 있어 종자를 보냈으니 이해해 주시오."

"마마, 그러셨사옵니까?"

"고맙소. 어느새 이해해 주고 있구려."

"마마, 오히려 고마워해야 할 사람은 소녀이옵니다. 마마께서 이렇게 나오시어 은혜 갚을 기회를 다시 주셨으니까요."

"은혜라니, 무슨 당치 않은 말씀이오. 그런 말 다시는 하지 마시오."

"아니옵니다, 마마."

낭낭은 고개를 조금 들더니 품에 안고 있던 것을 지장에게 내밀었다.

"이것이 무엇이오?"

"마마, 집에서 키우던 어린 삽살개이옵니다. 어찌나 영리한지, 언젠가는 마마께 크게 도움을 드릴 것이옵니다."

"고맙소."

지장은 얼떨결에 솜뭉치처럼 작고 하얀 강아지를 받았다.

"이름이 무엇이오?"

"정식으로 짓지는 않았사오나 집에서는 선청善聽이라 부르자고 했습니다."

지장은 소리 내어 중얼거리며 말했다.

"선청이라, 소리를 잘 듣는다는 이름이군. 귀가 밝은 모양이야."

"그렇사옵니다. 귀가 밝아 짐승들의 먼 발소리만 듣고도 사냥을 잘하는 개이옵니다."

"잘 키우겠소."

지장은 낭낭과 많은 얘기를 나누고 헤어졌다. 그날 밤은 종자가 궁문지기에게 미리 부탁을 해 놓았으므로 늦게 돌아가도 무사히 궁문을 출입할 수 있었다.

이후 지장은 수시로 남천의 갈대밭에서 낭낭을 만났다. 어느 날인가는 낭낭의 몸을 갖고 싶다는 충동이 일어 손가락을 걸고 장래를 약속하기도 했다. 왕궁을 도망쳐 변방에 살 것을 각오하고 한 약속이었다.

그러나 지장은 몇 달이 지나지 않아 무모한 약속이라는 것을 깨달았다. 신분을 뛰어넘는다는 것이 얼마나 어려운 일인지를 실감했다. 골품제도를 벗어나 낭낭과 살려면 자신이 무품無品으로 내려가는 수밖에 없었다. 그러니 자신과 낭낭은 애초에 이루어질 수 없는 사랑이었다.

다만, 무품이 되는 단 한 가지 방법은 있었다. 낭낭과 헤어진 뒤, 왕경의 궁을 떠나 출가를 하면 골품의 관등은 바로 사라져 버린다. 성골이든 진골이든 육두품이든 출가하는 순간 무품이 돼 버리는 것이었다.

지장은 스무 살이 되자마자 출가의 뜻을 굳혔다. 그리하여 사랑하는 낭낭을 애써 외면했던 것이다.

지장이 좌선을 푼 것은 새벽이 다 되어서였다. 졸던 선청이 컹컹 짖었다. 검은 그림자가 지장에게 다가오고 있었다. 산짐승은 아니었다. 잠이 많은 종자일 리도 없었다. 지팡이를 짚고 걸어오는 것으로 보아 오대산에 사는 수행자가 분명했다.

"좌선만이 수행이 아니니 어서 들어가시오. 산중의 찬 이슬은 몸을 상하게 하는 독이니까요."

"보천 스님, 무슨 일로 새벽같이 길을 떠나십니까?"

"서라벌 황룡사에서 법문해 달라고 하여 떠나는 길이오. 그래 일찍 걸음을 서두르고 있다오."

보천은 지장보다 10여 년 연상이었다. 효소왕의 친동생인데, 삼촌인 부군副君이 두려워 열두 살쯤에 오대산으로 도망쳐 들어온 이후 승려가 되어 주저앉고 만 왕족이었다. 성품이 어질고 선하여 눈물을 잘 흘리는 인물이었다.

당시는 신문왕이 죽고 나자, 왕의 정비인 신목왕후가 혜통국사와 논의하여 국사를 섭정하던 시기였다. 신목왕후의 맏아들인 효소왕이 어린 5세였으니 그럴 수밖에 없었다. 왕족들은 철부지 어린 왕을 사사건건 업신여겼고, 그 중심에 선 왕족이 바로 신문왕의 아우인 부군이었다.

왕궁 안의 시위부 군사를 장악한 부군의 횡포는 심했다. 언제 반란을 일으킬지 몰랐고, 불안해진 신목왕후는 은밀하게 혜통을 왕실로 불러 상의한 끝에 두 아들, 즉 차남과 삼남을 피신시키기로 하였던 것이다. 그리하여 어린 보천과 효명은 서라벌을 벗어난 지점에서 부군의 1천 명 시위 군사를 따돌리고는 오대산으로 숨어들었던 것이다. 신목왕후와 혜통의 계책은 지혜로웠다. 섬으로 유배 갔다가 돌아온 부군이 다시 반란을 일으켜 효소왕을 비명횡사케 했지만, 천우신조로 부군의 반란이 신목왕후를 따르는 군사에 의해 진압되어 오대산으로 피신해 갔던 효명이 대궁으로 돌아와 왕위를 이었는데, 그가 바로 전제왕권을 비로소 확립한 성덕왕으로 이름은 효명(『삼국유사』) 혹은 흥광(『삼국사기』)이었다.

따라서 성덕왕은 어느 왕보다도 불심이 깊을 수밖에 없었다. 비록 은신하고자 오대산에서 승려로 위장해 있었다고는 하지만 그는 날마다 형인 보천과 함께 간절히 기도하면서 여러 불보살의 현신을 보았던 것이다.

성덕왕이 즉위한 지 4년 만에 오대산으로 목수를 보내어 문수도량인 진여원眞如院을 짓게 하고, 대소 신료들과 그곳으로 친히 나아가 참배한 것은 자신의 깊은 불연佛緣과 무관치 않은 일이었다. 또 하나 이유가 있다면 자신에게 왕위를 물려준 수행자 보천 형님에 대한 부담감도 마음을 움직이게 하였을 터였다.

지장은 보천이 황룡사로 떠난 뒤 다시 가부좌를 틀었다. 좌선을 하든 염불을 하든 무슨 방법으로라도 낭낭의 잔영을 끊고 나서야 일어서겠다고 마음을 다졌다. 백견白犬 선청이 지장의 옷을 물어뜯으며 좌선대를 내려가자고 보챘지만 지장은 움직이지 않았다.

오대산

승가에서는 골품^{骨品}을 인정하지 않았다. 승가 안에서는 모두가 무품^{無品}으로 평등했다. 굳이 구분이 있다면 출가 이후 수행한 햇수에 따른 법랍^{法臘}이 있을 뿐이었다. 따라서 수행자에게 출신지나 골품의 관등은 아무 의미가 없었고, 또한 수행자끼리는 출가 전의 일을 묻지 않는 게 불문율이었다.

지장 역시 자신의 신분을 누구에게도 말하지 않았다. 진여원에서 자신에게 비구계를 준 스승에게도 출신과 신분을 숨겼다. 보천암의 보천이나 남대 지장방이나 진여원의 다른 수행자들이 물어왔을 때도 웃고만 말았다. 왕경의 대궁에서부터 따라온 종자도 지장의 신분을 발설하지 않았다. 지장이 몇 번이나 그에게 신신당부해 두었기 때문이다.

어느 날 지장은 종자를 불러 말했다.

"나는 이제 이곳 띳집 생활이 편안하구나. 그러니 너는 오대산에서 그만 고생을 하고 서라벌로 돌아가는 것이 어떻겠느냐?"

"스님, 이렇게 사는 것이 좋습니다."

"너는 이제 더 이상 나의 종자가 아니다."

종자가 지장의 느닷없는 선언에 놀라 어리둥절해 했다.

"지장 스님, 무슨 말씀이신지요. 저는 스님께서 하시는 말씀을 알아들을 수 없습니다."

"너와 나 사이에 신분의 차별은 이미 사라져 버렸다. 그러니 네가 왕경으로 돌아가든 다른 땅으로 가 살든 그것은 네 자유다."

"스님, 저는 왕궁에서 명을 받은 종자입니다. 스님을 지키며 살라고 제 목숨이 있는 것 아니옵니까?"

종자는 자신의 신분을 지키겠다고 완강하게 버텼다. 지장이 자신을 서라벌로 보내려고 그러는 줄 알고 섭섭하기조차 하였다. 천민 종자라는 신분 때문에 고약한 귀족들의 발길에 차이거나 숨 한 번 크게 쉬지 못하고 산 곳이 서라벌이었던 것이다.

그런데 오대산은 별천지였다. 극락이 서방정토에만 있는 것이 아니었다. 배고프면 멀리 산가로 나가 탁발해 오고, 목마르면 계곡으로 나가 물 마시고, 졸리면 양지에 웅크리고 앉아서 잠을 잘 수

오대산 93

있는 곳이 바로 오대산이었다.

"그렇다고 무작정 오대산에 머물 수는 없지 않겠느냐. 하루를 더 주겠으니 잘 생각해 보거라."

"스님, 그러하겠습니다."

그러나 다음날에도 종자는 결정하지 못하고 전전긍긍했다. 지장이 오대산을 떠나라고 명령하면 그는 왕경의 대궁으로 돌아가 다시 누군가의 종노릇을 하거나 고생을 심하게 하는 시위부 군졸로 돌아가야 했다.

"결정하였느냐?"

"대궁으로 돌아가느니 차라리 저 아래 골짜기 산가로 내려가 머슴살이를 하겠습니다."

"그건 네가 알아서 해라. 다만 초근목피로 연명하는 산가에서 입이 하나 더 불어나는데 너를 받아 줄지 그게 걱정이구나."

"그렇다면, 스님."

"그렇다면 무엇이라는 말이냐."

종자는 더듬거리며 말했다.

"저 같은 종자도 스님이 될 수 있는 것입니까?"

"결코 쉬운 노릇이 아니다."

"스님께서 허락만 해 주신다면 목숨을 바치겠습니다."

"스님이 돼서 무엇을 하려는 것이냐?"

"스님의 가르침을 받아 길을 찾겠습니다."

"수행자가 가는 길은 가시밭길이다. 그래도 스님이 되겠다는 말이냐?"

"허락만 해 주십시오. 저는 왕궁 시위부의 혹독한 무술 훈련도 받아 이겨냈습니다."

"좋다. 갈 길은 네가 선택하는 것이지 내가 허락할 일이 아니다."

종자는 열흘간 단 한순간도 눕지 않는 좌선 정진도 지장을 따라 해 볼 각오가 되어 있었다. 자신이 무술을 배울 때는 좌선 정진보다 더한 지옥 훈련도 겪었던 것이다. 시위부에선 몸집이 좋은 종자들을 선발하여 왕족을 경호할 수 있는 능력을 키우기 위해 대감들이 고난도의 무술과 체력 훈련을 시키곤 했는데, 종자는 그 과정을 다 거쳤던 것이다. 훈련은 실제 상황을 가정하여 시키기 때문에 칼에 맞아 죽거나 담을 뛰어넘다가 다리가 부러지는 사고 등은 부지기수였다. 물론 훈련 중 죽게 되는 종자들의 시신은 쥐도 새도 모르게 왕궁 밖 산중으로 멀리 버려졌다. 훈련이 힘들어 목숨을 걸고 도망치는 종자도 있었다. 종자들끼리 미리 짜고 칼에 맞아 사망한 것처럼 거적때기에 둘둘 말려 있다가 궁 밖으로 내보내져 탈출했던 것이다.

"오늘부터 네 이름은 시종始終이다. 무술은 시작과 끝의 경계가 있으나 수행자의 길은 처음도 없고 끝도 없다. 그래서 너의 이름을 시종이라 하였다. 그럴 수 있겠느냐?"

"네, 스님."

"시종은 이제부터 나의 종자가 아니다. 나 지장이나 시종이나 다 같은 사람이니라."

종자는 태어나서 처음으로 자신의 이름을 부르는 소리를 듣고는 굵은 눈물을 흘렸다.

"스님이 되기 이전에는 행자라고 부르니라. 시종은 오늘부터 우리가 사는 띳집의 행자이다. 알겠느냐?"

"네, 스님."

"어찌 생각해 보면 잘된 일이지. 나는 너에게 불법을 가르쳐 주고 너는 나에게 무술을 가르쳐 주게 됐으니 잘된 일이 아니고 무엇이겠느냐. 모르는 것이 있으면 세 살배기 어린아이라도 스승이 되는 법이다. 이제는 서로가 스승이 되고 도반道伴이 되자꾸나."

지장은 행자 시종을 데리고 좌선대로 올라갔다. 시종의 머리를 깎아 주기 위해서였다. 좌선대 밑으로 작은 개울물이 소리치며 흐르고 있었다. 지장은 진여원에서 빌려온 예리한 칼로 시종의 머리카락을 밀기 시작했다. 시종의 드러난 머리는 박처럼 파르라니 반질반질했다. 지장의 정수리는 뿔이 난 것처럼 솟아 있어 어찌 보면 괴이하게 보였으나 시종의 머리는 보기 좋게 둥글둥글했다.

두 사람은 좌선대에 풀과 나뭇가지로 움막을 지었다. 이슬과 골바람을 바로 맞지 않고 좌선에만 전념하기 위해서였다. 지장은 계속해서 열흘 낮 열흘 밤 동안 눕지 않고 좌선만 하는 수행에 들어갔고, 시종은 하루 종일 좌선을 하되 잠은 띳집으로 내려가 자기로 했다. 처음부터 지장처럼 따라 하다가는 병이 나 몸을 망칠 수 있기 때문이었다.

선청은 좌선대 움막을 지켰다. 맹수가 멀리서 다가오거나 낯선 수행자가 보이면 컹컹 짖어 물리쳤다. 밥은 바구니에 담아 움막 뒤편의 소나무 가지에 걸어 놓고 허기를 면하기 위해 하루 한 끼만 먹었다. 한 끼의 양은 세 숟가락이었다. 한 숟가락을 입에 넣은 뒤 씹는 동안에는 『반야심경』을 외웠고, 씹어 삼킨 후에는 『지장경』을 마음속으로 염불했다. 그와 같이 세 번을 반복하면 한 끼의 공양이 끝났다.

시종에게 하루 한 끼의 수행은 생각보다 어려웠다. 이틀이 지나자, 허리가 끊어질 것처럼 배가 고팠다. 시종은 개울가로 내려가 물로 배를 채웠다. 보름이 지난 뒤에는 개울가로 나갈 힘도 나지 않았다.

시종은 움막에서 기어 나와 점심때가 아닌데도 소나무에 걸린 바구니에 자신도 모르게 손을 넣었다. 그런데 누군가가 시종을 제지했다. 시종의 뒷다리를 잡아 끌어당겼다. 돌아보니 선청이 자신의 뒷다리를 물고 있었다.

시종은 바구니에서 손을 빼고 선청을 안았다. 선청이 아니었다면 하루 한 끼만 공양하기로 했던 지장 스님과의 약속을 어길 뻔했던 것이다. 시종은 선청을 안고서 주르르 눈물을 흘렸다. 그러고 나자 갑자기 눈이 맑아졌다. 오대산의 숲은 해맑고 하늘은 푸르렀다. 개울가를 흐르는 물소리가 악기 소리처럼 감미로웠다. 어제 보던 세상이 아니라 다시 열린 세상이었다. 시종은 자신의 몸이 새의 깃털처럼 가벼워졌다고 느꼈다. 조금 전까지만 해도 정신을 잃게 만들었던 허기가 사라져 버렸다. 시종은 움막으로 들어와 소리쳤다.

"스님, 세상이 달라 보입니다."

그래도 지장은 귀머거리처럼 꿈쩍을 안 했다. 미소를 지은 채 돌부처처럼 좌선을 하고 있었다. 선정 삼매에 들어 알 듯 모를 듯한 미소를 흘리고 있을 뿐이었다.

지장의 무릎 부근에는 탱자나무 가지들이 수북이 쌓여 있었다. 졸면서 무릎을 조금이라도 움직이게 되면 여지없이 탱자나무의 가시가 지장의 살을 찔렀다. 가시에 찔린 지장의 무릎은 이미 만신창이가 되어 있었다. 말 그대로 가시방석에 앉아 있는 형국이었다.

밤에는 움막 천장에 늘어뜨린 칡덩굴 끈으로 목을 걸었다. 꾸벅꾸벅 졸게 되면 칡덩굴이 목을 조이게 되어 숨을 쉴 수 없었다. 지장의 목은 이미 끈에 조여 생긴 벌건 상처 자국이 보기 흉할 만큼 퍼져 있었다.

두 사람이 이야기하는 시간은 하루 동안에 한 식경뿐이었다. 점심 공양이 끝나면 산길을 걷곤 했는데, 바로 그때를 이용해 서로 이야기를 나누었다. 좌선대에서 정진한 지 몇 달이 지나자, 시종은 지장에게 묻고 싶은 것이 많아졌다.

"스님, 이런 고행을 왜 하는 것입니까?"

"내 몸의 업을 씻어 청정해지기 위해서다."

"업을 씻고 나면 어떻게 됩니까?"

"청정한 스님을 율사律師라고 부른다."

"율사가 되고자 이런 고행을 하신단 말씀입니까?"

"아니다."

"그럼, 무엇이옵니까?"

"신주를 얻어 신통을 얻기 위해서다."

"신통을 얻고 나면 어떻게 됩니까?"

"신통을 얻은 스님을 밀사密師라 부른다."

"주문을 외는 스님이 되기 위해 이런 고행을 하신단 말입니까?"

"아니다. 신통은 한두 번으로 족한 것이지 많아지면 교만에 빠지고 사술邪術이 늘고 지혜를 잃어버린다."

"그럼, 무엇이옵니까?"

"불법을 통달하기 위해서다."

"불법을 통달하면 어떻게 됩니까?"

"세상 사람들이 존경하는 법사法師가 된다."

"세상 사람들에게 존경을 받기 위해 이런 고행을 한단 말씀입니까?"

"아니다. 내가 누구인지 알기 위해 고행을 하는 것이다."

"그럼, 무엇이옵니까?"

"앞에서 말한 모든 것을 버리기 위해서다."

"다 버리고 나면 어떻게 됩니까?"

"부처가 얻은 깨달음이 온다."

"깨달음을 이룬 이후는 어떻게 됩니까?"

"깨달을 것이 더 이상 없는 수행자를 선사禪師라 부른다."

"선사가 되려고 이런 고행을 해야만 합니까?"

지장은 잠시 침묵했다. 이제는 행자 시종이 불법이 무엇인지 그 언저리에 가 있다는 생각이 들었다. 단 한순간이라도 의문을 갖지 않으면 얻어지지 않는 진리가 불법인 것이었다. 좀 더 산속으로 오르자 맞은편 산봉우리가 손에 잡힐 듯이 가깝게 보였다. 산봉우리 봉화대에서는 연기가 피어오르고 있었다. 진여원이 국찰國刹이 된 뒤로는 왕족의 참배가 잦았다. 아마도 서라벌에서 누군가가 오겠다는 사전 연락이 분명했다. 산을 내려오면서 시종이 다시 물었다.

"스님께서는 선사가 되는 것이 꿈이옵니까?"
"아니다."
"저는 도무지 알 수가 없습니다."
"일찍이 출가 전에 원을 세웠던 꿈이지."
"말씀해 주십시오."

지장은 좌선대의 움막에 이르러서도 말하지 않다가 혼잣말처럼 중얼거렸다.

"눈물이 되는 것이다."

지장의 나지막한 소리에 시종이 놀라 소리쳤다.

"눈물이 되고 싶다는 것입니까?"
"아미타부처님께서 눈물로 피운 꽃이 있다."
"무엇이옵니까?"
"그 꽃이 바로 지옥문 앞에서 눈물 흘리시는 지장보살이시다."

지장은 다시 탱자나무 가시덤불 속으로 들어가 갇혔다. 지장의 그런 모습을 보는 선청의 눈이 애처로웠다. 선청은 시종보다 지장을 더 따랐다. 공양을 준비하기 위해 시종이 밥이 든 바구니를 만지려고 하면 으르렁거렸다. 점심때가 아니면 시종의 뒷다리를 물고 늘어졌다.

시종은 좌선한 채 생각에 잠겼다.

─지장보살은 왜 지옥문 앞에서 눈물을 흘리시는 것일까. 세상

사람들이 악업惡業을 짓지 않고 지옥에 가지 않는다면 지장보살도 눈물을 흘릴 일이 없을 것이다.

시종은 그날 밤 띳집으로 내려가면서 산골짜기를 향해 혼자 소리쳤다.

―세상 사람들의 악업을 씻어 주는 것이야말로 수행자의 일이 아닌가.

그러자 어디선가 메아리 같은 소리가 들려왔다.

―그렇다. 세상 사람들의 눈물을 닦아 주는 것이 바로 스님의 일이다.

시종은 자신의 귀를 의심했다. 다시 한 번 더 외쳤지만 그때는 아무런 소리도 들려오지 않았다.

그런데 다음날 점심 공양 후, 시종은 지장에게 똑같은 대답을 듣고서는 내심 크게 놀랐다.

"지장보살이 지옥문 앞에서 눈물을 흘리는 것은 지옥문으로 들어가는 중생이 측은해서 그런 것이기도 하지만 그보다는 세상의 중생을 한 사람이라도 더 제도濟度하지 못한 자비심에서 그런 것이다. 이제 스님이 무엇인 줄 알겠느냐?"

"알겠습니다."

그해 겨울밤 지장은 고목이 넘어지는 것처럼 탱자나무 가시더미 위로 쓰러져 버렸다. 가시들이 온몸에 박혔다. 시종은 한밤중에 선청이 울부짖는 소리를 듣고 일어났다. 직감으로 움막에 무슨 일이 일어났는지를 느꼈다. 선청이 움막으로 달려가고 있었다.

지장은 눈을 감고 있었다. 시종은 지장을 들어 올리며 무게를 전혀 느끼지 못했다. 지장의 몸은 가죽과 뼈만 남아 있었다. 탱자나무 가시가 박힐 살도 없을 만큼 장작처럼 말라 가죽과 뼈만 붙어 있었다.

시종은 움막에서 가까운 보천암으로 지장을 업고 달렸다. 보천은 지장을 보자마자 시종더러 작은 쇠솥에 찻물을 끓이게 했다.

"몸에서 기운이 사라지고 있어."

"보천 스님, 병이 아니란 말입니까?"

"병이 아니라 기운이 잠시 삭은 것이야. 조금 늦었더라면 죽고 말았을 것이야."

"죽을 쑤어 올릴까요?"

보천은 고개를 천천히 흔들었다.

"지금 지장의 호흡을 불러올 수 있는 방법은 이것뿐이야."

"스님, 그것이 무엇입니까?"

"죽통 속에 신령스러운 것이 있지."

보천은 죽통에서 무언가를 꺼냈다. 황갈색 빛깔의 작은 덩어리가 죽통에서 나왔다. 보천은 그릇에 황갈색의 덩어리 한쪽을 떼어

넣었다. 그런 다음 시종이 가지고 온 펄펄 끓는 물을 그릇에 부었다. 그러자 사발 안의 뜨거운 물은 금세 황갈색으로 변해 갔다.

"이것이 바로 차(茶)다. 원래는 지리산 화전민들 사이에 전해 오는 만병통치약으로, 맛과 향이 뛰어나 지금은 왕실에서 마시고 있다."

시종은 대궁에서 왕족들이 담소하면서 나뭇잎을 우려내 마시곤 했던 것이 차라는 사실을 그제야 알았다. 시종이 지장에게 찻물을 숟가락으로 넣어 주자, 지장은 잠시 후 눈꺼풀을 움직였다.

차의 효험은 금세 나타났다. 지장의 입술이 무언가 말을 하고 싶은 듯 달싹였다. 차를 한두 방울씩 계속 마신 지장은 이윽고 이마에 땀을 내기 시작하더니 눈을 떴다. 지장은 누운 채 보천을 보는 순간 놀랐다. 자신이 보천암에 있다는 것이 믿어지지 않는 모양이었다. 보천이 말했다.

"자, 지장 스님은 오늘밤 이곳에서 쉬시오. 조금만 늦었더라면 큰일 날 뻔했소. 정신이 깰 때까지 보천암에서 푹 머무시오."

"스님, 면목 없습니다."

"아니오. 내게 차가 없었으면 큰일 날 뻔했소. 다행히 암자에 황룡사에서 가져온 차가 있었소. 황룡사 스님들이 마시는 차라오."

지장은 찻물이 쌓인 독을 씻고 있기에 자신의 몸이 가벼워지고 있다고 생각했다. 실제로 지장은 혈색이 원래의 빛깔로 되돌아오고 있었다. 몸을 마음대로 움직일 수 있을 만큼 기력이 완전히 회복된 것은 아니지만 정신만은 맑게 깨어나고 있었다.

"보천 스님, 차의 효험이 이와 같이 생사를 바꿔 놓는 줄은 몰랐습니다."

"마침 황룡사에 차 씨가 있어 바랑에 가득 가져왔소. 올해도 암자 앞 산자락에 차 씨를 심어 두었소."

"오대산에서도 차나무가 자랍니까?"

"아니오. 사실은 몇 해 전부터 계속 차 씨를 심어 왔지만 싹이 트지는 않았소. 오대산의 냉한 기후 때문인 것 같소."

지장은 대궁에서 차를 좋아했던 누군가에게 들었던 말이 떠올랐다.

"차는 따뜻하고 그늘이 많고 비가 자주 오는 땅에서 잘 자란다는 얘기를 들은 적이 있습니다."

"그게 옳은 말이오. 하지만 지성이면 하늘도 감동한다는 말이 있잖소. 보천암이 따뜻한 양지이니 차 씨가 살아날지도 모르겠소. 지장 스님도 차 씨가 필요하다면 남은 것이 있으니 가져가시오."

지장은 그날 밤 시종을 핏집으로 내려보내고 선청과 함께 보천암에서 머물렀다. 죽을 한 그릇 비우고는 깊은 잠에 든 후 새벽에는 기력을 거의 회복했다. 눈을 뜬 지장은 동이 틀 때까지 보천과 차를 주거니 받거니 하면서 얘기를 나누었다. 지장이 오대산에 들어온 이후 수행자와 얘기를 길게 나누기는 처음이었다.

선청이 기운 달을 보고는 공연히 짖었다. 보천과 지장은 찻잔을 사이에 두고 마주 앉아 얘기에 취해 산창이 푸르게 밝아 오는 줄도 모르고 있었다.

"지장 스님, 이 짚신을 가져가시오."

"아니, 이것은 보천 스님께서 신으실 짚신이 아닙니까?"

"황룡사에 법문 가서 한 처녀보살에게 보시 받은 것이오. 솜씨가 워낙 빼어나 서라벌에서 인기가 좋다고 하는 신이오. 두 켤레 받아 나누는 것이니 거절 마시오."

지장은 짚신을 보는 순간 그것이 낭낭의 솜씨라는 것을 한눈에 알 수 있었다. 언젠가 낭낭의 짚신을 산 적이 있었던 것이다. 그런데 지장의 마음은 조금도 흔들리지 않았다. 다만 낭낭과의 인연이 사라졌다고 믿었는데, 보천 스님으로 인해 다시 이어지는구나 하는 생각이 구름처럼 일어나 흘러갈 뿐이었다.

"보천 스님께서 주시니 귀하게 받겠습니다."

"나는 이렇게 아름다운 짚신을 본 적이 없소."

보천은 짚신을 앞에 놓고 감탄을 했다 그러나 지장은 별 감흥 없이 짚신을 바라보기만 했다. 보천의 다음 말에 마음이 조금 흔들렸을 뿐이다.

"지장 스님, 이제는 오대산에도 절이 여러 군데 들어서 정진하는 스님들이 많지 않습니까? 그래서 내가 그 여인에게 부탁을 했소. 오대산 스님들에게 짚신을 대중공양할 수 있겠느냐고 말이오."

"여인이 뭐라 했습니까?"

"오대산으로 오겠다고 했소. 하하하."

"험한 길을 혼자서 올 수 있겠습니까?"

"내년 초파일에도 국왕께서는 대소 신료들을 진여원에 보낼 것이오. 그러니 국사를 비롯해서 많은 스님들도 동행하지 않겠소? 여인은 그때 뒤따라올 것이오. 황룡사 주지께 특별히 부탁을 해 두었소."

지장은 낭낭보다는 왕경의 신하들에게 마음이 더 쓰였다. 그들을 만나면 신분이 드러날 수도 있고, 쓸데없는 구설수에 오를 수도 있기 때문이었다. 보천이 다시 말했다.

"신하들 중에는 당나라에 사신으로 다녀온 이들이 많소. 그러니 혹시 지장 스님도 당나라에 유학하고 싶다면 내게 말하시오. 그들이 사절로 갈 때 같이 떠나게 된다면 고생을 그만큼 덜 수 있으니까."

성덕왕 13년(714)에 급찬 박유가 새해를 축하하는 하정사賀正使로 당나라 수도 장안으로 들어가 당 현종을 만나고 온 적이 있는데, 견당사遣唐使 박유는 보천과 죽마고우였다. 또한 박유는 불심이 깊어 오대산으로 자주 와 참배하곤 했다. 보천은 박유를 만나 견당사가 서해 당은포에서 10여 척의 배로 선단을 만들어 바다를 건넌다는 것과 일행 중에는 승려가 포함된다는 사실을 알고 있었다.

승려가 견당사 일행에 꼭 들어가는 데는 이유가 있었다. 승려는 견당사 일행이 당의 수도 장안까지 가는 동안 바다에서 풍랑을 만나거나 산중에서 길을 잃었을 때 『관음경』이나 『지장경』을 외며 무사히 도착하기를 비는 기도를 주재했던 것이다.

한편, 견당사는 그 성격에 따라 왕의 죽음을 당 황제에게 알리는 고애사告哀使, 실책에 대한 이해를 구하는 사죄사謝罪使, 황제에게 감사를 표시하는 사은사謝恩使, 조공을 바치기 위해 떠나는 조공사朝貢使, 전쟁 중 당의 군사를 요청하는 청병사請兵使 등이 있었다.

지장은 보천의 말을 마음에 담지 않고 가볍게 받아넘겼다. 당시 승가에서는 당나라로 유학 가는 풍습이 유행하고 있었지만 지장은 그러고 싶지 않았다. 원효가 캄캄한 밤에 해골에 고인 물을 마시고 다음날 아침에 깨달음을 얻었듯 불법은 하나로 회통할 뿐이고, 수행은 어디서 하든 상관없는 것이라고 생각했기 때문이었다.

"보천 스님, 오대산에 상주하는 문수보살과 지장보살을 친견한 후에야 그 일을 생각해 보겠습니다."

"언제든지 말하시오."

지장은 다시 좌선대 움막으로 올라갔다. 보천이 며칠 더 몸을 보한 후에 정진하라고 만류했지만 듣지 않았다. 오대산의 겨울은 서라벌과 달랐다. 폭설은 산길을 곧잘 끊어 버렸고, 눈보라는 숨을 쉬지 못할 정도로 몰아쳤다.

그해 움막의 덮개는 폭설과 눈보라로 몇 번이나 무너지곤 했다. 그러나 지장은 눈가루가 움막 안까지 쌓여도 동면하는 곰처럼 겨우내 움막 안에서 꼼짝 않고 정진했다. 삽살개 선청은 신장神將이 되어 움막을 지켰고, 시종은 지장의 충직한 공양주가 되었다. 그래도 움막 안은 행자 시종이 무쇠솥에 찻물을 끓일 때마다 더워진 공기로 훈훈했다.

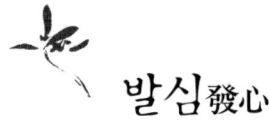
발심發心

　벚꽃이 봄바람에 눈송이처럼 흩날리고 있었다. 남산 기슭에 사는 처녀 낭낭은 바랑을 만들어 등에 메고 길을 떠났다. 원래는 초파일 무렵 오대산에 가려 했으나 마음이 급해 한 달을 앞당겨 길을 나섰다. 동행하는 사람은 오대산 지장방 방장으로 추대를 받아 가는 황룡사 노승이었다.
　낭낭은 가만히 앉아 있는데도 가슴이 쿵쾅거렸다. 얼굴이 시도 때도 없이 복사꽃처럼 붉게 달아오르곤 했다. 애가 타도록 사모하여 꿈에도 잊지 못하던 지장이 오대산의 한 암자에서 수행하고 있다는 얘기를 듣고는 며칠 동안 밤잠을 이루지 못하다가 마침내 길을 나서고 있는 중이었다.

숫처녀 낭낭은 지장이 서라벌을 떠난 뒤 자신이 연등을 달았던 황룡사를 찾아가 허전한 마음을 달래곤 했는데, 어느 날 우연히 주지승의 법문을 듣다가 지장의 거처를 알게 되었던 것이다. 처음에는 지장의 출가 얘기를 듣고 크게 놀라 기절할 뻔했으나 곧 정신을 차렸다. 주지승은 법문하던 중에 왕족 지장이 남산 관음봉 아래서 혜통국사로부터 법명을 받은 뒤 얼마 지나지 않아서 오대산으로 출가했다고 얘기했던 것이다.

낭낭의 거북이 등처럼 볼록한 바랑은 무거웠다. 오대산 수행자들에게 시주하기 위해 겨우내 만든 짚신들을 차곡차곡 담은 바랑이었다. 낭낭은 서라벌을 미처 벗어나지 못했는데도 벌써 힘들어 이마에 솟은 땀을 훔쳐야만 했다. 그러자 앞서 걷던 황룡사 노승이 물었다.

"무엇이 들어 그리 무거운가?"

"대사님, 걱정 마셔요. 괜찮습니다."

낭낭은 바랑 끈이 짓누르는 어깨가 아픈데도 일부러 사내처럼 호기 있게 대답했다.

"오대산까지는 해변길로 쉬지 않고 가도 닷새는 족히 걸리지. 바랑을 가볍게 해야 가는 길이 편해."

잠과 끼니는 절로 찾아 들어가 그때그때 해결하면서 가는 산길이었다. 노승은 낭낭이 처녀이므로 야산 같은 데서 함께 노숙하지는 못했다. 노승은 심심할 때마다 낭낭에게 두서없이 묻곤 했다.

"오대산에는 무엇 하러 가는가?"

"그곳 스님들께 짚신을 공양하려고요. 보천 스님과 한 약속을 지키려고 겨우내 짚신을 삼았답니다."

"보천 스님이라고? 그 중은 내 제자지. 이 늙은이의 헐렁한 바랑과 바꾸어서 메고 갈까?"

"대사님, 제 바랑은 제가 메고 가겠습니다."

"처자의 바랑에는 금싸라기보다 더 귀한 물건이 들어 있군그래."

"아닙니다. 한낱 짚신이 들어 있을 뿐입니다."

"허허. 짚신처럼 값진 것이 이 세상에 또 어디 있을까."

낭낭은 노승의 말을 이해하지 못했다. 세상에서 가장 흔한 짚신을 금싸라기 같다고 하니 믿어지지 않았다. 낭낭이 어리둥절해 하며 눈망울을 굴리자 노승이 다시 말했다.

"중생이 가는 길에 스스로 닳아 없어지는 게 짚신이 아닌가. 어둠을 밝히고 사라지는 촛불과 같은 것이야. 내 말을 알아듣겠는가?"

"대사님, 제가 만든 짚신이 그렇다는 말씀입니까?"

"부처가 어디 따로 있나. 처자가 삼는 짚신이 바로 부처지."

낭낭은 노승의 말을 정말 알아듣기 힘들었다. 해맑은 낭낭의 얼굴을 지그시 보더니 노승은 듣거나 말거나 중얼거렸다.

"그뿐인가. 짚신은 더러운 땅과 깨끗한 땅을 구분하지 않으면서 가장 낮은 곳에 있지. 그래서 나는 짚신을 부처라고 부르는 것이야."

그제야 낭낭은 노승의 말을 어렴풋이 이해했다.

"스님의 말씀을 듣고 보니 짚신을 만드는 제 정성이 모자랄까 두렵습니다."

아주 느린 말투의 노승은 더 이상 말을 하지 않고 묵묵히 걷기만 했다. 낭낭도 할 말이 없었다. 낭낭은 짚신 중에 지장에게 선물할 것을 떠올렸다. 그것은 신고 다니는 짚신이 아니라 낭낭이 온갖 솜씨를 발휘해서 망태처럼 크게 만든 짚신이었다. 출가한 지장에게 무엇을 가지고 갈까 망설이면서 오매불망 그리워하다가 그렇게 만든 짚신이었다.

큰 짚신을 짜는 동안에는 오로지 지장의 모습만 떠올렸다. 낭낭은 오대산에 가게 되면 다시는 서라벌로 돌아오지 않겠다고 다짐하기도 했다. 지장 옆에서 수발을 들며 자신도 암자에 남아 살기로 결심했다. 지장이 허락한다면 아들딸 낳고 행복하게 살 작정이었다. 낭낭은 주정꾼인 아버지 몰래 동전 다발을 숨겨두기도 했다.

낭낭은 절룩거렸다. 발바닥에 물집이 생긴 탓이었다. 그래도 낭낭은 무거운 바랑을 함부로 땅에 내려놓지 않았다. 바랑 안에는 지장을 위해 마음을 다 바쳐 만든 짚신이 들어 있기 때문이었다.

낭낭은 오직 급한 일이 생길 때만 스님에게 바랑을 맡겼다. 오줌을 누려면 도망치듯 수수밭이나 보리밭 멀리 갔다가 돌아오곤 했다. 그냥 돌아오는 것이 아니라 부정을 탈까 봐 흐르는 개울물에 얼굴과 손을 씻고 제자리로 왔다.

"대사님, 이리 주십시오."

"쯧쯧. 길을 가려면 짐은 가벼워야 하는 법이야. 사람 사는 이치도 마찬가지지. 짐을 가볍게 내려놓고 사는 사람이 지혜로운 사람이야. 욕심 부리지 않고 산다는 것이 바로 그런 것이지."

"대사님, 제가 욕심을 부리고 있는 건가요?"

"처자는 아니지. 공덕을 쌓고 있는 것이야. 자기를 위해 짐을 지고 있는 것이 아니니까. 한데 처자의 두 눈에는 무엇이 타고 있어."

낭낭은 궁금해 물었다.

"대사님, 그것이 무엇인지 알고 싶습니다."

"사랑의 불이 타고 있어. 마음속 갈애가 눈에 나타난 것이지."

낭낭은 단순한 성격대로 숨기지 못하고 불쑥 말했다.

"대사님, 제 마음은 불이 난 지 오래입니다. 오대산에는 저와 장래를 약속한 분이 계십니다."

"중도 출가하기 전에는 중생이었으니 무슨 약속인들 못했겠나."

"그렇답니다. 출가하기 전에 저와 약속한 분이 계십니다."

"중에게 지나간 과거의 일은 이미 사라진 물거품 같고 이슬 같은 것. 그러니 어쩔 수 없고 딱할 뿐이지."

낭낭은 문득 슬픈 표정을 지었다가 이내 밝아졌다. 지장이 출가를 했든 하지 않았든 간에 한번 만날 수 있는 것만도 행운이라는 생각이 들었다. 낭낭은 갑자기 종종걸음을 치며 말했다.

"대사님, 그래도 저는 행복합니다. 그분을 만날 수 있으니까요."

"쯧쯧. 그 반대일 수도 있어."

낭낭은 노승이 엉뚱한 소리를 한다고 생각했다. 비록 지장이 출가한 승려지만 사랑했던 자기를 기다리고 있을 거라고 상상했다. 지장이 출가한 데는 무슨 피할 수 없는 이유가 있을 거라고 낭낭은 믿었다.

당시 왕족 중에는 자신의 마음과 달리 세력 다툼에 떠밀려서 출가한 예가 많았던 것이다. 왕궁에는 왕위를 잇는 태자만 남고, 그밖의 왕자나 서자들은 실권을 쥔 귀족들로부터 거세의 한 방법으로 출가를 강요받기도 하고, 그 반대로 소외 귀족들의 역모에 이용당하기도 했던 것이다.

물론 신발 장사를 하는 평민 처녀인 낭낭으로서는 대궁 안의 일을 상상할 수 없었지만 왕권 암투의 회오리바람은 왕조마다 끊이지 않았던 것이다. 문무왕의 죽음을 전후해서 왕권을 탐낸 소판 김흠돌의 반역이나, 신문왕의 두 아들 보천과 효명이 부군副君의 반란을 두렵게 여겨 오대산으로 피신한 것이나, 성덕왕의 첫째 왕비가 장자 김수충을 낳아 놓고도 출궁당한 것이나, 수십 년 동안 왕궁은 조용한 날이 없었던 것이다.

"대사님, 그분은 어쩔 수 없이 출가했을 터이니 저와 한 약속을 지킬 것입니다."

"출가 전의 약속은 물거품 같은 것이래도."

노승은 낭낭의 마음이 불타는 집과 같다고 여겼다. 타는 불길은 제풀에 수그러들 때까지 기다리는 수밖에 없었다. 어떤 사람의 말도 귀에 들리지 않을뿐더러 사랑하는 사람의 마음은 천년만년 변치 않을 것이라고 착각하기 일쑤였다. 그러나 불이 꺼지면 회한의 숯덩이와 차가운 재만 남는 법이었다. 그것이 바로 불법에서 말하는 인과인 것이었다. 낭낭은 자신의 마음이 불안한 듯 불쑥 물었다.

"대사님, 사랑으로 행복해질 수 없는 것인가요?"

"사랑에도 인과가 있지. 사랑의 인因이 있고 이별이란 과果가 있다는 말이지. 그러니까 사랑은 괴로움이 따르고 영원한 행복이 될 수 없는 것이야."

"사랑하는데도 왜 행복할 수 없는 것인지 저는 이해하지 못하겠어요, 대사님."

"헛된 꿈속의 행복일 뿐이지."

"대사님, 허망해요."

"허망한 것이 어디 사랑뿐이겠나. 이 세상 모든 것이 허망할 뿐이야. 그래, 정신 차리고 잘살자는 것이 불법인 것이야."

낭낭은 자신의 처지를 위로해 주지 않는 스님이 야속했다. 낭낭은 마음이 우울해졌다. 해가 중천에 오르자 봄볕도 따가웠다. 노승이 낭낭에게 잠시만 기다리라며 개울가로 내려갔다.

낭낭은 바위에 주저앉아 멀리서 반짝이는 바다를 보았다. 기와집 몇 채가 옹기종기 모인 골짜기가 보였다. 그곳이 바로 감은사였다. 노승은 더위를 식히느라 개울물에 몸을 담그고 물장구를 치고 있었다. 가사를 물가에 내팽개친 채 천둥벌거숭이가 되어 물 속에 몸을 담그고 있었다. 낭낭은 소매로 두 눈을 가렸다. 잠시 후, 노승의 목소리가 들려왔다.

"어, 시원하다. 몸을 씻었으니 감은사 부처님도 좋아하실 것이야."

"대사님, 눈을 어디다 둘 줄 모르겠습니다."

"눈을 잘 뜨고 사는 것이 부처님의 지혜가 아니겠나. 하하하."

노승은 크게 소리 내어 웃었다. 그러더니 바람처럼 날듯 가사자락을 펄럭이며 길을 걸었다. 낭낭은 종종걸음으로 노승을 뒤따라갔다.

한편, 지장은 오대산 좌선대에서 지난해와 다르게 편안한 모습으로 정진하고 있었다. 이제는 지장의 주변에 있던 살벌한 탱자나무 가시단도 치워지고 없었다. 탱자나무 가시에 찔리지 않고서도 졸음을 이길 수 있기 때문이었다. 좌선의 시간도 마음대로 늘였다 줄였다 할 수 있었다. 한번 좌선에 들어가면 하루고 이틀이고 간에 마음대로 시간을 움직였다. 삼매에 들면 시간은 순간이 되었다. 아침 햇살을 보고 좌선에 들었는데 눈 깜짝할 사이에 저녁놀이 지고 있는 것이었다. 선정 삼매에 들면 시간이 지장을 움직이는 것이 아니라 지장이 시간을 넘나들었다.

숙명통宿命通도 조금씩 열렸다. 사람들과 자신의 전생이 보였다. 지장은 전생에도 불법을 신봉하는 수도자였는데, 수행이 모자라 윤회를 끊지 못하고 왕가에 태어나 헛된 영화를 누렸음을 깨달았다.

지장은 신통을 멀리했다. 신통에 매달려 자신의 깨달음을 얻지 못하고 주문이나 외는 밀법사가 되는 스님들을 서라벌에서 많이 보았던 것이다. 살아생전 내내 고승으로 존경받은 명랑이나 혜통도 실제로는 신주神呪에 얽매여 부처나 보살이 되지 못했기 때문이었다.

지장의 수행력이 오대산 암자마다 소문나면서 수행자들 사이에 변화가 왔다. 어느 순간부터인가 지장을 따르는 승도들이 많아졌다. 보천은 자신의 깨달음이 부족하다는 것을 자책하면서 더 깊은 산중으로 들어가 버렸고, 급기야 진여원에서는 지장을 방장으로 추대하려고 했다. 그러나 지장은 거절했다. 빛이 있으면 그림자가 생기는 법이었다. 추대하는 자가 있으면 시기하는 자가 있게 마련이었다. 지장은 시비를 떠나 선정에만 머물고자 했다.

더구나 지장은 자신의 신분이 드러나는 것을 극도로 삼갔다. 자신의 신변은 아직도 안전하지 못했다. 왕궁에서 소외된 귀족들이 자신을 탐내고 있다는 것을 지장은 잘 알고 있었다. 그러므로 지장은 언제든 역모에 휘말릴 수 있었다. 실제로 소외된 귀족들은 지장 자신이 불만을 품고 왕궁을 떠난 것으로 오해하고 있었다.

지장은 일찍이 문무왕이 죽은 그해 인명 왕자가 김흠돌 등의 반역 무리들에게 이용당할 뻔했던 역모를 잘 알고 있었다. 귀족들이 인명 왕자를 왕으로 옹립하겠다는 명분으로 반역을 일으켰던 것이다. 만약 반역이 성공했더라면 인명은 반역의 괴수들에게 이용만 당하고 틀림없이 비통하게 죽어 갔을 터였다.

어느새 지장은 오대산도 자신과 인연이 다 됐음을 꿰뚫어 보고 있었다. 미세한 번뇌까지 씻어 버리는 누진통漏盡通과 선정에서 자유자재하게 지혜를 얻는 천안통天眼通을 얻으려면 왕경 사람들에게서 완전히 잊힌 사람이 되어 더더욱 정진해야 한다는 것이 지장의 발심發心이었다. 그런데 그런 곳은 아무런 연고가 없는 중국 땅밖에 없었다. 좁은 신라 땅은 깊은 산중이라도 곧 소문이 빠르게 돌아 버렸다.

지장은 초여름에 견당사가 당은포에서 출발한다는 이야기를 보천에게서 들은 적이 있었다. 견당사가 움직이려면 서너 달 전부터 준비해야 하므로 소문은 반드시 돌게 마련이었다. 특히 견당사를 따라가려는 승려들 사이에 퍼지는 소문은 무엇보다 빨라 오대산에까지 그 소식은 이미 전해지고 있었다.

시종 행자가 시주물이 넘치는 진여원에서 공양거리를 가지고 왔다. 그들은 여전히 하루 한 끼의 공양만 했다. 시종은 몸에 병이 나 좌선하지 않고 점심 공양이 끝난 후 지장에게 무술을 전수해 주는 일로 일과를 삼았다. 시종은 비호처럼 빠르게 막대기를 휘둘렀다. 대궁 훈련장에서 시위부 대감에게 배운 검법이었다.

좌선대 절벽에서 떨어질 때도 고양이처럼 가볍게 뛰어내렸다. 지장은 낙법뿐만 아니라 검술을 호신용으로 하나하나 배웠다. 키가 7척이나 되는 지장은 힘이 장사였으므로 죽검이 허공을 가를 때마다 날카로운 쇳소리가 났다. 호신술을 가르치는 시종도 등골이 오싹할 때가 많았다. 좌선 정진을 오래 한 까닭에 지장의 집중력은 바위라도 꿰뚫을 정도였다. 검객의 고수들은 단전에서 뿜어져 나오는 눈빛에서 이미 승부가 나 버리게 마련인데, 내공의 힘이 넘쳐나는 지장은 검법의 고수 시종을 압도했다.

지장은 공양을 하다 말고 오대산의 동쪽 능선을 바라보았다. 동시에 선청과 시종도 그쪽으로 고개를 돌렸다. 지장은 눈앞에 안개처럼 무엇이 그려지는 것을 느꼈다. 아직 천안통이 열리지 못하여 상이 또렷하게 보이지는 않지만 두 물체가 오대산을 향해 다가온다는 것만은 알 수 있었다.

"무엇을 보고 계십니까?"

"두 사람이 오고 있어."

선청도 무엇을 보았거나 아니면 지장의 마음을 읽었는지 컹컹 짖어 댔다. 영문을 모르는 행자 시종만 고개를 갸웃거렸다. 잠시 후, 지장은 그 물체를 정확하게 구분해내었다. 한 사람은 승려이고 또 한 사람은 여자였다. 지장은 갑자기 호흡이 막혀 숨을 크게 내쉬었다. 숨이 막히거나 가빠지는 것은 그를 향해 누군가가 다가오고 있다는 증거였다. 다가오는 그것은 여자였다. 지장은 가만히 눈을 감고 소리 내어 관세음보살을 외웠다.

―나무관세음보살.

지장은 낭낭이라는 것을 직감하고 움막을 나섰다. 오대산 깊이 들어가 버릴까 생각했지만 그럴 필요는 없었다. 낭낭을 옆에 두고 자신의 수행력을 점검하고자 했다. 이미 자신과 낭낭의 잔영을 지웠다고 여기던 터였다. 그러니 낭낭을 피한다는 것은 몇 년 동안 고행한 수행자로서의 자세가 아니었다. 무엇보다 낭낭은 깨우침으로 제도 받아야 할 지장의 한 중생일 뿐이었다.

—그래, 낭낭을 있는 그대로 맞이하자.

지장은 그런 생각으로 마음이 편안해졌다. 호흡이 시작하는 곳도 보통 때와 같이 단전으로 내려갔다. 선청이 컹컹 짖으며 움막 아래로 달려갔다. 시종은 그제야 사람이 오고 있다는 것을 알고 물었다.

"스님, 누가 오고 있는 것입니까?"

"선청의 옛 주인이다."

"그렇다면 낭낭 아씨라는 말입니까?"

"그래, 맞다."

시종도 낭낭을 남천 갈대밭에서 몇 번이나 보아서 알고 있었던 것이다. 시종은 낭낭이 온다는 말을 듣고는 반가워서 어쩔 줄 몰라 했다.

"나는 먼저 암자에 가 있을 터이니 낭낭이 오거든 함께 그곳으로 오너라."

"그러겠습니다."

지장은 띳집 암자로 올라갔다. 산벚나무에는 눈송이 같은 꽃봉오리가 물방울처럼 맺혀 있었다. 오대산은 서라벌보다 개화가 늦어 달포가 지나야 꽃봉오리들이 만발할 것이었다. 그러나 띳집 방 안에 시종이 꺾어둔 산벚나무 한 가지에서는 꽃들이 흰나비처럼 날개를 활짝 펴고 있었다.

　잠시 후, 암자에 시종과 선청을 앞세우고 낭낭이 나타났다. 낭낭은 수행자가 된 지장을 보자마자 눈물을 쏟아냈다. 선청도 눈을 찡그리면서 고개를 흔들었다. 시종도 눈시울을 붉히고 있었다. 그러나 지장은 담담하게 말했다.

　"낭낭이 여기를 찾아오다니 반갑소. 어서 올라오시오."

　지장은 마루에 앉아 낭낭의 절을 합장하면서 받았다. 시종이 무쇠솥에 찻물을 끓였다. 찻물이 끓는 동안 지장은 낭낭의 손을 잡아 주었다.

　"스님의 야윈 얼굴을 보니 눈물이 납니다."

　낭낭은 고개를 숙인 채 찻물이 쏴쏴 끓는 소리보다 작게 말했다. 지장의 변해 버린 모습을 바로 볼 수 없었다. 지금은 대궁에서 살던 지장의 모습이 아니었다. 지장의 퀭한 눈에서는 형형한 빛이 뿜어져 나오고 있었다. 차를 마실 때도 낭낭은 눈이 부시어 지장을 쳐다보지 못하고 고개를 돌려 훌쩍거렸다.

　시종은 잔가지에 불을 붙여 찻물을 다시 끓였다. 차를 몇 잔째 마시며 마음의 안정을 찾은 후에야 낭낭은 바랑을 풀어 가지고 온 짚신을 꺼냈다. 망태처럼 큰 짚신을 꺼내자 시종이 웃음을 터뜨렸다.

　"낭낭 아씨, 짚신이 나룻배 같습니다."

"시종의 말이 맞군. 세상에서 가장 큰 짚신일 것이야."

낭낭은 지장의 말에 얼굴이 붉어졌다.

"이 짚신은 스님께서 신으시라고 가져온 것이 아닙니다."

선청이 마루로 올라와서 꼬리치며 짚신을 이리저리 핥았다. 그것은 선청이 기분 좋을 때 나타내는 버릇이었다.

"낭낭의 마음을 알겠소. 나더러 이 세상에서 가장 큰 짚신이 되어 살라는 뜻이 아니오?"

"아닙니다. 미천한 제가 스님께 어찌 그런 부탁을 할 수 있겠습니까?"

"그럼, 무엇이오."

"이것저것 손재주를 부리다 보니 이렇게 큰 짚신이 되고 말았을 뿐입니다."

시종도 짚신을 한 켤레 받았다.

"낭낭 아씨, 저는 변한 것이 없어요? 맞혀 보세요."

"호호호, 스님이 되셨네요."

"그렇습니다. 이름은 시종이고, 스님들이 저를 부를 때는 시종 행자라고 합니다."

그날 밤, 지장은 낭낭을 객사가 여러 개인 진여원으로 보냈다. 암자는 두 칸 띳집으로 지장이 거처하는 방 한 개에다 시종이 자곤 하는 부엌 겸 방이 전부였기 때문이었다.

지장은 시종더러 낭낭을 진여원으로 안내하게 하고는 자신은 말없이 바랑을 꾸렸다. 바랑에는 낭낭이 가져온 짚신과 보천에게서 받은 차 씨 서너 봉지를 넣었다. 짚신은 깨달음을 이룬 뒤 중생의 발이 되어 살라는 화두였고, 차는 그의 생사를 바꾸어 놓은 신물神物이었던 것이다. 오대산 골짜기 다랑논에서 거둔 황립도黃粒稻 볍씨와 약초 씨앗도 챙겼다.

―그래, 이제 낭낭은 사랑하는 여인이 아니라 나의 선지식이다. 짚신처럼 중생의 발이 되어 살라고 화두를 준 선지식이다.

지장은 낭낭과 우연히 만나 차 한잔에 서로의 마음을 주고받았으니 더 이상 오대산에 남아 있을 인연이 없다고 생각했다. 뿐만 아니라 지장은 진여원의 방장으로 추대되어 서라벌까지 자신의 신분이 알려지는 것이 부담스러웠다. 무엇보다 더 치열하게 정진하기 위해서는 신라 땅을 떠나 신라인들에게 영영 잊힌 채로 수행자가 돼야 한다고 믿었다.

낭낭이 곤히 잠든 새벽이었다.

지장은 삽살개 선청과 행자 시종을 데리고 당은포로 향했다. 그곳 포구에서 당나라로 떠나는 견당사를 만나 서해를 건넌 뒤 중국의 깊은 산으로 들어가 무지렁이 나무꾼조차 거들떠보지 않는 썩은 나무처럼 뒹굴면서 구도 수행하는 것이 지장의 꿈이었다.

구도의 뱃길

1

어디선가 흐느낌 소리가 애절하게 들려오고 있었다. 아침부터 시작하여 사시가 다 되도록 그칠 줄을 모르고 있었다. 지장방에서 수행승들에게 경학을 강의해 온 도증道證은 그 소리를 좇아 숲속으로 들어갈까 말까 망설였다.

처음에는 애처로운 산새 소리이겠거니 하고 무심코 듣다가 도증은 여인의 흐느낌 소리라는 것을 알아챘다. 여인의 애간장을 끊는 듯한 울음소리는 벌써 사흘째 아침마다 계속되고 있었는데, 오후가 되면 잠잠해졌다. 흐느끼다 지쳐 그대로 쓰러지는 모양이었다. 도증은 혼자 가는 것이 부담스러워 지장방 방장스님을 찾아 물었다.

"스님, 저기 좌선대 같습니다만 그곳에서 여인의 울음소리가 들려오고 있습니다."

"나도 이미 듣고 있었다."

"그럼, 스님께서는 이미 알고 계셨다는 말씀입니까?"

"지장을 찾아온 여인이니라."

"그런데 왜 저렇게 피를 토하듯 울고 있는 것입니까?"

"넌 사랑을 모르는구나. 불경을 아무리 앞으로 뒤로 외운들 중생을 알지 못하고 중생의 고통을 모르고 있으니 헛공부한 것이로구나."

도증은 일찍이 당나라에 들어가 원측의 문하에서 부처가 설한 반야부般若部 경전과 불교의 심리학이라 할 수 있는 유식학唯識學, 그리고 논리학이라 할 수 있는 인명학因明學을 공부하고 돌아온 학승이었다. 또한 그는 천문학에도 관심이 많아 귀국할 때 천문도天文圖를 가지고 와서 효소왕에게 바친 유학승이었다.

"내버려 두어라. 실컷 울다 보면 스스로 위안이 될 것이니라."

"어찌하여 지장은 여인을 울리고 있는 것입니까?"

"허허. 지장은 떠났다. 벌써 오대산을 떠났어."

"스님, 어디로 떠났다는 말입니까?"

구도의 뱃길 127

"다시는 신라 땅으로 돌아오기 힘들 것이야."

"중국으로 갔다는 말입니까?"

"그렇다."

"벌써 사흘째입니다. 이러다 저 여인은 죽을 수도 있습니다."

"슬퍼서 저렇게 우는 것이기도 하지만 다르게 보면 사랑한 업을 씻고 있는 중이기도 하다. 누가 대신 울어 줄 수도 없는 법, 그러니 내버려 두어라."

그러나 도증은 참을 수 없어 오후에 좌선대 움막으로 올라갔다. 아침마다 흐느끼는 여인은 낭낭이었다. 지장이 떠난 뒤 낭낭은 움막으로 들어가 울어 댔다. 움막에는 지장이 남기고 간 흔적과 체취가 남아 있었다. 좌선할 때 깔고 앉았던 억새 방석과 밥을 담아 소나무에 걸던 바구니, 그리고 지장이 졸음을 쫓기 위해 사용했던 탱자나무 가시단과 시종에게 무술을 배울 때 휘두르던 막대기 등이 그대로 남겨져 있었다.

낭낭은 그것들을 하나씩 움켜잡고 흐느끼다 혼절해 무너지곤 했다. 도증이 좌선대에 갔을 때도 낭낭은 허깨비처럼 쓰러져 있었다. 도증은 모른 체할 수 없었다. 지장방 방장스님의 한마디가 가슴에 가시처럼 박혀 돌아서지 못하게 했다.

―불경을 아무리 앞으로 뒤로 외운들 중생을 알지 못하고 중생의 고통을 모르고 있다니 헛공부한 것이로구나.

일찍이 20대 초반에 견당사를 따라 유학길에 올라 장안 종남산으로 들어가 원측의 문하에서 10여 년 만에 불법을 통달하고 귀국하여 최고의 학승이 되었건만 지금까지의 공부가 헛공부였다는 방장스님의 한마디에 도증은 큰 충격을 받고 있었다. 원측의 수제자라고 칭송이 자자했건만 방장스님으로부터 불벼락을 맞은 도증은 어찌할 바를 몰랐다.

―이 처자를 어찌할 것인가.

그렇다고 낭낭이 깨어날 때까지 한없이 기다릴 수는 없었다. 도증은 지장방에서 『정토경』을 소리 내어 외면서 하는 백일 염불 기도에 다른 수행자들과 함께 동참하고 있었던 것이다. 곧 기도에 들어갈 시간이었다. 그러나 낭낭은 아직 깨어날 기미를 보이지 않고 있었다. 할 수 없이 도증은 낭낭을 불렀다.

"이보시오. 이보시오."

낭낭은 힘이 다해 쓰러져 있는 것이 아니라 혼절해 있었다. 자포자기한 상태였으므로 일어날 의욕조차 없었다. 도증은 낭낭을 흔들어 볼까 하다가는 그만두었다. 여인을 만지는 것은 비구의 계율에 어긋났다. 도증은 다시 낭낭을 불렀다.

"처자!"

갑자기 도증은 두려움이 들었다. 낭낭이 죽었을지도 모른다는 생각이 뇌리를 스쳤다. 그러나 도증은 판단이 서지 않아 답답하기만 했다.

―나는 정말 헛공부한 것이구나.

계율을 목숨보다 소중히 여겼던 도증에게는 지금까지 배운 불경 공부가 무용지물이나 다름없었다. 어떤 해결책도 주지 못했다. 잠시 후, 도증은 쓰러진 낭낭 옆에서 가부좌를 틀고 지혜를 구하고자 좌선에 들었다. 그러자 자신의 내부 어디선가 작은 외침이 들려왔다.

―먼저 여인을 살리거라. 그것이 불법이다.

도증은 즉시 눈을 뜨고 쓰러진 낭낭을 일으킨 뒤 들쳐 업었다. 그때까지도 낭낭은 한마디의 말도 못했다. 그러나 낭낭의 체온이 도증의 등줄기로 전해져 왔다. 도증은 안도의 숨을 쉬면서 지장방으로 내려갔다.

이미 기도에 들어간 지장방에서는 염불 소리가 크게 들려오고 있었다. 염불 소리는 오대산 골짜기를 향해 퍼져 나가고 있었다. 염불 소리를 들은 낭낭이 꼼지락거렸다. 도증은 자신도 모르게 아미타불을 외웠다.

―나무아미타불 나무지장보살.

도증은 낭낭을 따뜻한 객사 방에 뉘어 놓고 염불 기도를 뒷바라지하는 원주를 찾아 부탁했다. 그러고는 법당으로 들어가 백일 염불 기도에 동참했다. 아무도 도증을 쳐다보지 않는데 가운데 줄에 앉은 방장스님만이 고개를 끄덕이고 있었다. 도증은 마음이 놓였다. 염불 기도에 늦었지만 방장스님이 묵인해 주고 있기 때문이었다.

도증은 낮의 염불 기도가 끝나고 나서 방장스님을 찾아가 고백했다.

"스님, 사실은 파계를 하고 말았습니다."

"무엇이 파계이더냐?"

"여인이 죽을 것 같아서 여기까지 업고 왔습니다."

"쯧쯧. 네놈은 아직도 낭낭을 업고 있구나. 업고 왔으면 내려놓을 줄 알아야지. 그런 이치를 모르니 계율을 어기고 있는 것이야. 낭낭은 살리고 너는 죽는구나. 그러니 헛공부가 아니고 무엇이겠느냐."

그제야 정신을 되찾은 낭낭이 가까스로 방장실로 찾아왔다. 방장스님은 낭낭의 손을 잡아 방문턱을 넘게 했다.

"이놈아, 네 눈에는 이것도 파계로 보이느냐. 죽어가는 사람 손을 잡아 이끄는 것이야말로 계율을 지키는 일이 아니고 무엇이겠느냐. 지계持戒의 참다운 경계란 말이다."

낭낭은 방장스님을 보자마자 또 흐느꼈다.

"대사님, 저는 어찌해야 합니까?"

"사랑을 놓아 버려라. 그게 바로 괴로움의 업을 짓지 않고 사는 것이야. 쯧쯧. 그런 줄 알면서도 중생들은 불에 뛰어드는 부나비처럼 살지."

"대사님, 지장 스님은 어디로 갔습니까?"

"지금쯤 바다를 건너고 있을 것이야. 구도를 이루기 위해서지. 구도자란 꿈에서 깨어나 살려고 몸부림치는 사람이야. 중생이 사는 길과 달라."

"중생이란 무엇이옵니까?"

"헛된 꿈에 취해서 사는 것이 중생이야."

도증이 합장을 하며 방을 나갔다. 도증은 서라벌에서 가지고 온 자신의 저서를 모두 태워 버리기로 결심했다. 앞으로는 불경 공부를 그만하고 중생의 극락왕생을 위해 아미타불만 염불하기로 했다.

실제로 도증이 저술한 책은 당시 신라 최고의 학승답게 『금강반야경소金剛般若經疏』, 『천태산지자대사별전天台山智者大師別傳』 등 13권의 저술이 있었다고 하지만 지금은 단 한 권도 전해지지 않고 있다.

다음날부터 낭낭은 지장방을 떠나지 않고 방장스님의 허락을 받아 공양주 소임을 맡았다. 수행자들에게 밥을 해 올리는 것도 공덕을 쌓는 선업善業이라는 방장스님의 법문을 듣고 나서 결정한 일이었다.

―공덕을 쌓게 되면 지장 스님을 다시 만날 수 있을지도 몰라.

낭낭의 꿈은 오로지 지장을 만나는 것뿐이었다. 낭낭은 지은 공덕이 부족하여 지장과 이별한 것으로 믿었다. 낭낭은 지장방에 살면서 도증으로부터 중국에 대해 많은 얘기를 들었다. 견당사를 따라 당은포에서 배를 탔다가 뭍에 내려 등주登州부터 육로로 장안長安에 들어가기도 하고, 서해에서 대강大江 하구로 항해한 뒤 양주揚州에서 변주汴州까지 수로를 이용하다가 다시 육로로 장안까지 들어간다는 것도 알았다. 그러나 도증이 얘기하는 당나라는 낭낭에게는 갈 수 없는 신기루 같은 땅일 뿐이었다. 서라벌 남산 기슭에 사는 낭낭이 가기에는 너무 먼 나라였다.

2

당은포에 도착한 지장은 바로 당나라로 떠나지 못했다. 견당사의 도착은 무슨 일인지 하루 이틀 늦어지고 있었다. 그래서 시종이 당나라와 밀무역을 하는 장삿배를 알아보았지만 그들은 터무니없는 뱃삯을 요구했다. 시종에게 50냥의 사금을 달라고 했다. 지장과 시종이 각각 20냥, 선청은 10냥을 내야 목적지까지 안전하게 실어다 준다는 것이었다.

할 수 없이 지장은 견당사가 올 때까지 기다리기로 했다. 포구에는 이미 노를 젓는 방인榜人, 즉 수수水手라는 직책의 뱃사람들이 어촌에서 차출되어 기다리고 있었다. 견당사 일행이 타고 갈 배도 10여 척이나 포구에 묶여 있었다.

조만간 배가 뜰 것은 틀림없는 사실이었다. 다만 서라벌에서 오는 산길에 무슨 사고가 났는지 자꾸 늦어지고 있었다. 지장은 포구의 촌장이 마침 불자였으므로 따뜻한 잠자리와 잡곡밥을 대접받을 수 있었다. 더구나 촌장이 이번에 뜨는 견당선遣唐船의 뱃길을 정하고 뱃사람들을 감독하는 해사海師가 될 것이라는 얘기를 듣고 마음이 놓였다. 해사란 천민 뱃사람들을 거느리는 우두머리 뱃사공이었다.

"스님, 곧 견당사가 도착한다는 소식이 있습니다. 이번에 뜨는 배가 10여 척에 이르므로 반드시 승선할 수 있을 것입니다."

"견당사의 수장인 대사大使는 누구입니까?"

"아마도 대왕마마의 근족일 것입니다. 일전에 떠난 대사 박유는 6두품이었사오나 대부분의 대사는 왕제王弟나 왕의 종제從弟 등 진골이었습니다."

"그런 이유는 무엇이오?"

"그래야만 견당사가 위엄이 서고 당나라에 가서도 환영을 더 받습니다."

해사 촌장은 당나라를 10여 차례 왕래한 경험을 가지고 있었다.

지장은 그로부터 견당사의 규모에 대해 들었다. 대사에서 수수와 종자까지 합하면 3,40명에 이르는 모양이었다. 해사는 지장에게 자세히 보고하듯 얘기했다.

"견당사의 우두머리인 대사, 그 밑의 부사, 부사 바로 밑에는 판관判官이 있습니다. 견당사의 규모가 클 때는 대판관과 소판관이 있고, 그 밑에는 기록과 문서를 관장하는 녹사錄事가 있으며, 녹사 밑에는 통역을 담당하는 통사通事가 있습니다. 여기까지는 관인官人이라 할 수 있습니다."

"관인 외의 사람들은 얼마나 됩니까?"

"칼과 활을 들고서 견당사를 경호하는 무장 군졸인 궁사弓士의 숫자는 일행의 반을 차지할 정도로 많습니다. 관인의 심부름을 하는 종자도 많습니다. 또한 날씨를 점치고 해신海神에게 제사 지내는 복인卜人이 있고, 배를 수리하는 선공船工과 배의 키를 잡는 타사柁師와 병을 치료하는 의사 등이 있습니다."

"궁사가 많은 이유는 무엇입니까?"

"아직도 서해와 대강大江 입구에는 해적들이 성행하여 위험합니다. 그동안 해적들이 출몰할 때마다 바닷길이 막히어 행로를 바꾼 적이 여러 번이나 되었습니다. 해적에게 잡히면 당나라 변방에 노비로 팔려가거나 헛되이 죽게 되니 많은 궁사로 하여금 견당사를 호위케 하는 것입니다."

해사의 얘기처럼 훈련받은 무장 군졸을 두지 않고서는 견당사가 무사히 왕래할 수 없었다. 당 황제에게 바치는 진귀한 조공품朝貢品과 황제가 하사한 회사품回賜品을 실은 견당선은 해적들의 공격 목표가 되곤 했던 것이다.

밤늦은 시각에 말발굽 소리가 들려왔다. 해사 촌장이 말했다.

"아마 선발대로 나선 무장 군졸들인 모양입니다. 바람이 바로 불어 준다면 내일은 견당선이 뜰 것입니다. 그러니 스님께서도 채비를 서두르십시오."

촌장은 급히 횃불을 만들어 포구로 나갔다. 잠시 후 백사장 쪽에서 날카롭게 부딪치는 금속성과 함께 군졸들의 웅성거리는 소리가 크게 들려왔다. 말들이 진저리치는 소리도 간헐적으로 들렸다. 군졸의 호위를 받는 큰 무리가 이동하는 소리임에 틀림없었다.

지장은 눈을 좀 붙이려고 했지만 잠이 오지 않았다. 이제 날이 밝으면 신라 땅을 떠나게 될 것이었다. 지장은 뜬눈으로 밤을 지새웠다. 한방에 누운 시종도 엎치락뒤치락 잠을 자지 못했다. 영리한 선청도 방문 밖에서 낑낑거렸다. 지장은 엄습하는 일말의 불안감을 어찌지 못했다. 해사는 견당선에 승선할 수 있을 거라고 말했지만 그것은 견당 대사의 고유 권한일 터였다.

지장의 불안은 그대로 적중했다. 아침 일찍 실망한 얼굴로 해사가 찾아와 지장을 힘없이 불렀다.

"스님, 스님."

해사는 지장이 방문을 열기도 전에 말했다. 그의 얼굴은 얼마나 낙심을 했는지 사색이 되어 있었다.

"스님, 큰일이옵니다."

"들어와 천천히 말해 보시오."

"대사를 면담하여 말씀드렸사오나……."

지장은 해사의 말끝을 잘랐다.

"무슨 이유로 거절하는 것입니까?"

"모르겠사옵니다. 노를 젓는 수수로 승선시키겠다고 건의해도 거절하시니 저로서는 난감하옵니다."

지장은 눈을 지그시 감고 방법을 찾았다. 해답은 견당선의 우두머리인 대사를 만나 설득하는 수밖에 없었다. 그래도 대사가 반대한다면 방법을 다른 데서 찾을 수밖에 없었다. 지장이 눈을 감은 채 생각에 잠겨 있자 해사가 조급해져서 다시 말했다.

"스님, 관인 중에는 치부를 좋아하는 자가 더러 있사옵니다만."

"해사께서는 저더러 무엇을 내놓으라는 말씀이군요."

"그리 해서라도 배를 타야 되지 않겠습니까? 걱정이 되어 생각해낸 계책이옵니다."

지장은 그럴 마음이 전혀 없었다. 다만 좀 전에 생각해낸 것을 해사에게 말했다.

"대사를 만날 수 있게 해 주시오."

"그건 어렵지 않사옵니다. 잠시만 기다려 주십시오."

해사가 방을 나간 뒤 시종이 말했다.

"스님, 어느 때 견당선이 뜰지 모르니 사금이라도 내놓고 가는 것이 좋지 않겠습니까?"

"정도를 지키지 않으면 수행자라 할 수 없다. 너도 마찬가지다. 설령 당나라에 가지 못한다 한들 삿된 생각은 하지 않는 것이 수행자의 길이 아니겠느냐?"

해사가 금세 돌아와 지장에게 말했다.

"지금 오라 하십니다, 스님."

지장은 관인들이 머물고 있는 숙소로 해사를 앞세워 갔다. 숙소는 사신이 머무는 관사로서 오래전에 지어진 기와집이었다. 숙소 주위는 군졸들이 경계를 삼엄하게 하고 있었다. 마침 대사는 항해할 배를 점검하러 나가려다 마당에서 그들과 마주쳤다. 대사는 지장을 쳐다보지도 않은 채 해사의 말을 듣고 있었다.

"대사님, 이 스님입니다."

"무엇 하러 당나라에 가신단 말이오?"

대사의 눈은 여전히 다른 곳을 쳐다보고 있었다.

"소승 지장은 구법을 위해 바다를 건너려고 합니다. 대사께서 도와주신다면 그 은혜를 결코 잊지 않겠습니다. 원컨대 수수라도 좋으니 허락하여 주시옵소서."

"노를 젓는 수수라, 겸손한 스님이군."

그제야 대사가 눈을 돌려 지장을 바로 보았다. 지장은 합장한 채 고개를 숙였다. 지장을 바라보는 대사의 눈이 갑자기 휘둥그레졌다.

"아니, 이럴 수가!"

해사가 덩달아 놀라 물었다.

"대사님, 이 스님을 알고 계셨습니까?"

"마마, 대궁에 계셨던 마마가 아니시옵니까? 무례함을 용서하소서."

"무슨 말씀이십니까? 소승의 법명은 지장이옵니다. 출가 전의 일은 하나도 남김없이 버린 지장일 뿐이옵니다."

그래도 대사는 무릎을 꿇고 용서를 빌었다. 대사가 뜻밖에 그런 행동을 하자 해사도 놀라 땅에 엎드렸다.

"대사님, 일어나시오. 해사께서도 일어나시구려. 어서요. 난 모든 것을 버리고 출가한 수도자일 뿐입니다. 그러니 어서 일어나시오. 자꾸 이러시면 제가 난감하게 됩니다."

지장이 간곡하게 말하자 그제야 대사가 일어났다.

"부탁입니다. 어느 누구에게도 저의 신분을 말하지 말아 주십시오."

"마마, 그리 하겠사옵니다."

견당선은 동남풍을 기다리다가 늦은 오후가 되어 떴다. 항로의 길잡이인 해사와 점치는 복인은 첫 번째 배, 대사와 통사, 녹사는 두 번째 배, 지장 일행은 세 번째 배에 뱃사람들과 함께 승선했다. 궁사와 종자들은 부사와 판관 등의 지시를 받아 앞뒤 배에 나누어 탔다. 대사의 배려로 지장은 시종과 선청도 데리고 탈 수 있었다. 깊은 바다로 나아가자 크고 검은 물고기들이 배를 따라왔다.

지장은 뱃머리에 앉아 가부좌를 틀었다. 선청도 지장 옆에 앉았다. 시종은 뱃사람이 하는 일을 거들어 주었다. 포구에서는 배가 사라져 보이지 않을 때까지 굿을 하고 있었다. 지장은 파도에 밀려 배가 휘청거려도 가부좌를 풀지 않았다. 그러나 파도는 갈수록 거세졌다. 깊은 바다로 들어서자 뱃머리에 붙인 쇠붙이와 나무판이 떨어져 나갔다. 뱃사람이 갈고리로 건져올리려 했지만 쇠붙이와 나뭇조각은 바다 속으로 들어가 버리고 말았다.

날다가 지친 갈매기는 지장의 어깨에 앉아 쉬었다. 갈매기가 앉을 때마다 선청이 컹컹 짖으며 쫓아 버렸다. 그래도 갈매기들은 몇 번이나 서쪽으로 날아갔다가 다시 돌아와 뱃머리에 앉곤 했다. 시종은 뱃사람에게 자꾸 말을 걸었다.

"지금 어디로 가고 있는 겁니까?"

"발해로 가고 있습니다요. 그러다 배가 북동풍이나 북풍을 받으면 뱃머리가 등주 해안 쪽으로 돌려질 겁니다요."

뱃길을 모르는 시종은 불안하기만 했다. 배가 표류할까 봐 안절부절 왔다갔다 했다. 지장은 선정에 들어 갈매기가 어깨에 내려앉는 것도 모르고 있었다. 어느새 배들은 포구를 떠난 순서대로 항해하지 않고 점점 간격이 벌어졌다.

이윽고 하늘과 바다가 캄캄해졌다. 견당선들은 바다에서 첫 밤을 맞이했다. 배들은 불빛으로 서로 연락을 취했다. 배들이 보내는 불빛들이 사라졌다 다시 나타나곤 했다. 10여 척의 배들은 반 마장의 거리를 유지하면서 항해했다.

뱃사람이 말한 대로 배가 북쪽으로 올라가자 북풍이 매서웠다. 파도가 갑자기 커지고 바람은 방향을 바꾸어 북동풍이 되어 거칠게 불었다. 그러자 뱃사람이 돛을 내려 버렸다. 돛을 내린 배는 물길을 따라 이번에는 남쪽으로 나아갔다. 사방이 칠흑처럼 어두워 배가 가는 방향을 정확하게 알 수는 없었다. 날이 흐려져 방향을 잡아 주는 별도 보이지 않았다. 앞뒤로 연락하며 항해하던 배들의 불빛도 어느새 보이지 않았다.

뱃사람들이 당황하기 시작했다. 서로 연락을 취하던 불빛이 보이지 않기 때문이었다. 해사가 탄 배의 불빛을 놓쳐 버린 것은 큰일이었다.

지장은 뱃사람들을 안심시키기 위해 『관음경』을 염불했다. 바닷물이 뱃전으로 넘어와 지장의 가사를 적셨다. 그러나 지장은 좌선대에서 그랬던 것처럼 꿈쩍 않고 날이 샐 때까지 독경을 계속했다. 날이 새자 바람이 약해지고 파도는 다시 잠잠해졌다. 그러나 당은포에서 함께 떠났던 배들은 보이지 않았다. 뱃사람이 지장에게 말했다.

"스님, 여기서 다른 배들이 나타날 때까지 기다리겠습니다."

"바다 위에서 기다리겠다는 것입니까?"

"바람이 없으니 배는 맴돌 뿐 나아가지 않습니다."

"이곳이 어디입니까?"

"알 수 없습니다. 우리들은 지금 등주登州로 가는 뱃길을 놓친 것 같습니다."

뱃사람은 솔직하게 말했다. 그들이 탄 배는 등주 해로를 벗어나 서남쪽으로 멀리 내려가 있었다. 해로를 벗어나 표류하고 있었다. 그러니 견당선을 다시 만난다는 것은 불가능한 일이었다. 한나절을 기다린 후에 지장이 탄 배는 다시 북동풍을 받아 서남쪽으로 내려갔다. 바람이 불면 돛을 올리고 바람이 멎으면 돛을 내려두고 뱃길을 찾았지만 소용없는 일이었다.

사흘이 지나자 바닷물이 희뿌연 녹색으로 변했다. 수심이 깊지 않다는 증거였다. 뱃사람이 소리쳤다.

"백수白水를 지나고 있는 것 같습니다."

선청이 바다를 향해 짖었다. 바다에는 대나무와 통나무가 엉키어 떠다니고 있었다. 가까운 뭍에서 흘러온 부유물이었다. 오후가 되자 다시 바람이 동남풍으로 바뀌어 돛을 서쪽으로 향하게 했다. 마침내 돛대를 타고 올라가 사정을 살피던 뱃사람이 소리쳤다.

"바닷물이 누런 황토색으로 바뀌어 흐르고 있소."

뱃사람들이 지장에게 말했다.

"스님, 천만다행입니다. 뭍을 찾았습니다. 물이 황토색인 것은 양주의 대강이 가까워진 것입니다."

시종도 돛대에 올라가 살펴보고 내려와 지장에게 말했다.

"황토물 자락이 서북쪽에서 흘러 곧장 남쪽으로 흐르고 있습니다."

배는 양주의 굴항掘港을 지나고 있었다. 물빛이 다시 황토색에서 희뿌연 녹색으로 변했다. 굴항이란 수나라 양제가 수십만 명의 백성들을 동원해서 땅을 파고 건설한 운하를 말했다. 그러니 수심이 바다보다 얕을 수밖에 없었고, 자칫 잘못하면 배가 좌초하기 십상이었다. 뱃사람들은 예전의 경험이 있어 몹시 두려워했다. 물빛이 하얗게 바뀌면 쇠붙이를 단 끈을 물 속에 넣어보고는 아예 나아가기를 주저했다.

"이곳은 다섯 자밖에 안 되니 암초가 있으면 배 밑이 상하고 말 것입니다. 그러니 기다렸다가 밀물이 들면 나아가야 합니다."

그러나 밀물이 들기도 전에 동남풍이 세차게 불면서 배가 갑자기 '쿵!' 하는 소리를 냈다. 암초에 배 밑이 세차게 부딪히면서 그 반동으로 긴 돛대가 부러져 나갔다. 뱃사람 중에서 한 사람이 나동그라지더니 물 속으로 빠졌다. 시종도 두어 번 뒹굴었다. 배는 더 이상 움직이지 못했다. 배 밑이 깨져 물이 솟구치고 있었다. 시종이 떨면서 지장에게 하소연했다.

"스님, 이대로 죽을 수는 없습니다."

"두려워할 것 없다."

다행히 배는 더 이상 가라앉지 않았다. 차오르던 물도 기울어진 뱃전으로 빠져 나갔다. 지장은 그제야 자신의 바지가 붉은 피로 얼룩져 있다는 것을 알았다. 지장의 다리 정강이에는 피가 흐르고 있었다. 배가 좌초하는 순간 난간에 부딪혀 정강이의 살점이 떨어져 나간 것이었다.

정오가 되어서야 곡식을 실어 나르는 창선倉船이 다가왔다. 창선에 타고 있던 당나라 관인이 좌초된 배에 올라와 조사를 했다. 그는 신라에서 온 견당선임을 알고는 고자세를 풀었다. 당나라 말을 할 줄 아는 뱃사람이 견당사의 다른 배에 대해 물었지만 그는 알지 못한다고 대답했다.

"우리는 신라의 견당사 일행이옵니다. 도중에 뱃길이 갈리어 이렇게 표류하고 있사옵니다. 신라국의 대사와 부사님은 어디에 계십니까?"

"견당사는 이곳으로 오지 않았소. 소식을 듣지 못했소."

뱃사람이 눈물을 흘렸다. 물에 빠진 뱃사람은 끝내 떠오르지 않고 있었다. 상처를 크게 입은 지장이 먼저 창선으로 옮겨 탔다. 지장의 바랑까지 맨 시종이 선청을 데리고 바로 뒤따라 올랐다. 그러자 창선의 관인이 옮겨 타려고 하는 남은 뱃사람들을 제지했다.

"너희들은 뒤에 오는 배를 타라. 저기 배 한 척이 오고 있지 않느냐."

그런데 그들이 가리키는 배는 다가오고 있는 것이 아니라 멀리 지나치고 있었다. 지장은 창선에 타고 있는 사람들을 경계했다. 시종에게 눈치를 주며 조심하라고 당부했다. 더구나 선실 안에서는 신음 소리가 새어나오고 있었다. 지장은 혼잣말로 중얼거렸다.

―속았다.

창선을 훔친 해적들이 대강 입구에서 노략질을 하고 있음이 분명했다. 해적의 우두머리는 관인을 선실 안에 묶어 놓고 관인의 옷으로 변복하고 있었다. 지장은 시종에게 당부했다.

"정신을 똑바로 차려야 한다. 선실에 누군가가 묶여 있구나."

시종이 관인에게 항의하듯 물었다.

"어디로 가고 있는 겁니까?"

그러나 해적의 우두머리는 시종의 얘기를 알아듣지 못했다. 창선은 포구를 향해 가지 않고 민가가 없는 해안에 정박할 모양이었다. 배는 해안을 찾고 있었다. 지장이 다시 시종에게 말했다.

"침착해야 한다. 절대로 먼저 공격하지 말거라."

"네, 스님."

배가 절벽이 있는 해안으로 다가가자 해적의 우두머리가 갑자기 칼을 꺼내들었다. 그러자 돛을 잡고 있던 해적도 칼을 빼어들고 달려들었다. 선실에서도 두 명의 해적이 나왔다. 험상궂게 생긴 해적들이 지장과 시종을 에워쌌다.

배가 해안에 닿자 시종의 목에 칼을 들이밀면서 하선하라고 윽박질렀다. 시종은 선선히 배에서 내렸다. 지장도 뒤따르면서 주위를 살폈다. 해적들은 지장과 시종의 바랑을 탐내고 있었다. 해적의 우두머리가 칼끝으로 바랑을 풀라고 지시했다. 지장이 시종에게 말했다.

"바랑을 풀어도 죽일 것이고, 풀지 않아도 죽이려 덤벼들 것이다."

"어찌합니까?"

"저들의 살의가 느껴지는 순간을 놓치지 말거라."

지장의 말이 떨어지기가 무섭게 시종이 해적 우두머리의 칼을 빼앗아 공격했다. 순식간에 해적의 우두머리가 피를 흘리며 쓰러졌다. 나머지 해적들은 지장이 다리를 쓰지 않고 맨손만으로 단번에 기절을 시켰다. 선실에 묶여 있던 두 명의 관인을 풀어 주자, 은혜를 갚겠다며 몇 번이나 합장을 했다.

관인은 해적들을 끈으로 묶어 선실에 넣고 문을 잠가 버렸다. 마침 한 명의 관인이 신라 말을 서툴게 했다. 지장은 좀 전에 배가 좌초된 곳을 알려 주고는 그곳으로 가자고 했다. 관인은 흔쾌히 지장의 청을 들어 주었다.

그러나 좌초된 배는 흔적조차 없었다. 남은 뱃사람들도 보이지 않았다. 지장은 눈을 감고 『지장경』을 염불해 주었다. 염불하는 지장의 눈에서는 눈물이 하염없이 흘러내렸다. 시종은 큰소리를 내어 울었다. 당은포를 떠나 며칠간 바다에서 표류하면서 생사고락을 함께한 뱃사람들이었기 때문에 비통한 마음이 더했던 것이다.

창선은 곧 해안에 닿았고, 관인이 지장을 안내해 준 곳은 도단선사道斷禪寺라는 허름한 절이었다.

"이곳에서 푹 쉬십시오. 제가 절도사를 찾아가 건의하여 장안으로 가는 통행증을 받아 오겠습니다."

"고맙소."

"인사가 늦었습니다. 제 이름은 강신姜信이옵고, 현가縣家의 압관押官으로 있사옵니다."

현가는 현청의 다른 이름이었고, 압관이란 검찰의 일을 맡은 관리를 말했다. 다음날 강신은 자색의 조복朝服을 입고 순검을 나왔다가 지장을 찾아 문안을 올렸다.

"화상이시여, 불편한 점은 없사옵니까? 주지스님께 잘 보살펴 드리라고 특별히 부탁했습니다. 어제는 염관鹽官이 염세鹽稅를 징수하는 데 불법이 있다 하여 감찰하러 창선을 얻어타고 가다 봉변을 당했습니다. 화상이 아니었다면 저는 죽은 목숨이나 다름없을 것이오니 화상은 저의 은인이옵니다."

지장은 선사에 머무르면서 당나라 말도 배우고, 주州의 자사刺史와 친교를 맺었다. 어떤 날은 자사의 사택에 초대되어 공차空茶를 마시고 돌아오기도 했다.

그런데 선사禪寺의 생활이 편안한 것만은 아니었다. 몇 달이 지나서 사미승 시종이 풍토병에 걸려 먹은 것을 자꾸 토하고 고열에 시달리다 숨을 거둔 것이었다. 지장은 시종을 화장한 후 법당에서 재를 지내며 눈물을 흘렸다. 구도의 길을 시작도 끝도 없이 가라며 시종이란 법명을 지어 주었는데 그는 법명과 같이 살다 가버린 것이었다.

지장은 시종의 뼛가루를 대강으로 나가 뿌렸다. 그런 후 생각하는 바가 있어 선사로 돌아와 주지에게 글을 썼다.

―구법승 지장의 제자 시종이 극락왕생하도록 재를 주재해 주시고, 지금까지 소승이 선사에 머무르도록 불은佛恩을 베푸시어 감읍할 따름입니다. 이와 같은 은혜를 조금이라도 갚고자 삼가 사금

을 내놓아 수행하는 도반들의 공반空飯과 향적香積에 대신코자 합니다.

그 무렵 중국 승가에서는 반찬이 없는 흰 밥을 공반, 수행자들의 식사를 향적이라고 불렀다. 지장은 시종이 죽은 후 선사에 더 머물 생각을 버렸다. 문득 도단선사와의 다해 가는 인연을 선정 삼매의 눈으로 보았던 것이다.

지장이성금인 地藏利成金印

1

고현 스님과 나는 오후 네 시쯤에 남경 국제공항을 나와서 바로 택시를 불러 무호시蕪湖市로 가고 있었다. 나는 특별히 무호시를 찾아갈 이유는 없었으나 고현 스님의 일정을 따르고 있었다. 고현 스님은 무호시 광제사廣濟寺 주지에게 무언가를 부탁한 듯했다. 아마도 지장 스님과 관련된 무엇이 아닐까 하고 짐작했지만 나는 묻지 않았다.

나의 관심사는 천년 전 지장 스님이 신라에서 가지고 간 금지차의 형태적 특성을 살펴보고 차의 성분을 분석해 보는 것이었다. 물론 대원사에서 중국의 구화산에서 가져와 기르는 금지차의 잎을 이미 본 적이 있지만 현지에서 내 눈으로 직접 확인해 보고 싶었다.

『삼국사기』에 신라 흥덕왕 3년(828) 사신 김대렴이 중국에서 차씨를 가져와 지리산에 심어 성행하였고, 차는 이미 선덕여왕(632~647) 때부터 있었다라고 기록돼 있으나, 지장 스님이 신라의 금지차를 중국으로 가져가 구화산에 퍼뜨렸다는 얘기는 몹시 흥미로웠다. 그렇다면 지장보다 먼저 태어난 고승들인 원광이나 자장, 원효 등이 수행하면서 마신 차가 혹시 토종 금지차가 아닐까도 싶은 것이었다.

금지金地는 김지장이 심었다고 해서 붙인 이름일 터이고, 1669년경에 중국의 유원장이 지은 『개옹다사介翁茶史』에는 공경차空梗茶란 이름으로 다음과 같이 소개되고 있다.

> 구화산에는 공경차가 있는데 이는 김지장이 심었다. 대체로 안개와 구름이 끼어 기후가 늘 온윤한 구화산에 심으니 다른 것에 비해 맛이 뛰어났다.
> 九華山有空梗茶 是金地藏所植 大抵煙霞雲霧中氣常溫潤與地植味自不同.

공경이란 말 그대로 줄기가 대나무처럼 비어 있다고 해서 붙여진 이름이리라. 『구화산지』에는 금지차란 이름으로 다음과 같이 소개되고 있다.

줄기는 가는 대처럼 속이 비어 있다. 전하는 바에 의하면 김지장이 들고 온 차 씨였다고 한다.
梗空如篠 相傳金地藏携來種

고속도로 저편으로 석양이 뿌연 황사 속에서 기울고 있었다. 이따금 장강長江이 고속도로 가까이 나타났다가 사라지곤 했다. 날은 금세 어두워지려 하고 있었다. 나는 시가지 한복판에 있다는 아름다운 경호鏡湖와 무호시 유적들을 보고 싶었으나 땅거미가 지면 허사가 될 것이므로 오전 비행기를 타고 올 것을 하고 후회했다.

"광제사에는 몇 시쯤 도착하겠습니까?"

"다섯 시가 조금 넘을 것 같습니다. 절문을 닫을 시간이지만 공항에서 전화해 두었으니 매표소 사무실 문으로 들어갈 수는 있습니다."

나는 고현 스님이 무슨 이유로 서둘러 광제사로 가고 있는지 궁금하여 참지 못하고 물었다.

"스님, 광제사에서 급하게 볼일이 있습니까?"

"급한 것은 아닙니다만, 아주 어렵게 약속을 받아낸 것이 있습니다."

"지장 스님과 관련된 일입니까?"

"그렇습니다."

고현 스님은 더 이상 밝히지 않았다. 약간 초조한 듯 이맛살을 가끔씩 찌푸렸다. 광제사는 지장이 구화산으로 들어가기 전에 잠깐 동안 수도를 한 곳이었다. 말하자면 지장이 은둔지를 찾아 탐색하며 잠시 머물던 절이었다. 그래서 훗날 사람들은 지장이 잠시 머물렀다고 해서 광제사 일대의 언덕인 자산 서남쪽을 소구화小九華라고 부르게 된 것이다. 문득 나는 소리 내어 중얼거렸다.

―지장이 잠깐 동안 머물렀던 광제사, 광제란 지장보살의 서원인 광제중생廣濟衆生의 준말이 아닐 것인가.

나는 널리 중생을 구제한다는 광제사의 뜻보다 '잠깐 동안'이란 기간 때문에 소리치고 있었다. 차 씨는 보통 2년 안에 심어야 싹이 튼다는 얘기를 국내에서 차 재배자로부터 들었던 것이다. 건조한 상태에서 오래되면 두꺼운 껍질 안의 수분이 말라 발아되기 전에 죽기 때문이었다. 물론 볍씨 한 알이 수십 년이 지난 후에도 발아된 예외는 있지만 그것은 어디까지나 상식 밖의 얘기였다.

―그렇다면.

지장이 구화산으로 가지고 간 차 씨는 적어도 2년 안에 심었다는 추정이 가능했다. 지장이 일부 학자들의 주장처럼 견당사를 따라 장안으로 들어갔다가 명산을 순례하고 당시 고승들을 친견한 후 구화산으로 갔다는 행로는 차 씨를 통해서 볼 때 불가능했다. 왜냐하면 그와 같은 긴 행로로 몇 년에 걸쳐서 구화산으로 갔다면 이미 차 씨는 죽어 버렸을 것이기 때문이다. 그러니 지장이 구화산으로 들어간 행로는 최단 거리인 '양주-무호-지주-구화산'의 코스일 가능성이 크다고 보는 것이 옳았다.

고현 스님이 입맛을 다시며 물었다.

"무슨 즐거운 일이라도 생겼습니까?"

"지장 스님이 바랑에 넣어 가지고 간 차 씨를 생각하고 있었습니다."

"차를 연구하는 임 박사님답습니다."

"지장 스님이 구화산으로 들어간 코스의 비밀은 차 씨에 있습니다."

고현 스님은 공항에 내려 무호시로 가고 있는 동안 처음으로 웃었다.

"하하하. 부처님은 하나의 물방울 안에 우주가 들어 있다고 말씀하셨습니다만, 임 박사님은 한 알의 차 씨 안에 지장 스님의 비밀이 들어 있다고 하는군요."

"스님, 제 추리는 간단합니다. 차 씨는 적어도 2년 안에 심어야 싹이 틉니다. 그렇다면 지장 스님이 신라에서 가지고 온 금지차도

2년 안에 심었을 것입니다. 따라서 지장 스님은 신라에서 구화산까지 2년 이내에 도착했을 거라는 추정이 가능해지는 것입니다."

"신선한 추정입니다. 한 알의 차 씨를 통해서 행로의 기간을 추정하는 애기는 처음 듣습니다."

택시는 강서성과 안휘성의 경계선에 있는 마안산시馬鞍山市를 넘어서고 있었다. 허공에는 새떼가 둥지를 찾아 날고 있었다. 우리가 가고 있는 무호시는 인구 50만 정도의 작은 도시였다. 오늘의 숙박은 광제사 부근에 정할 수밖에 없었다. 이미 땅거미가 지고 있기 때문이었다.

택시가 광제사에 도착했을 때는 석양의 잔광이 아주 희미하게 남아 있을 뿐이었다. 고현 스님은 광제사 앞에 조성된 공원의 분수대 가운데에 있는 특이한 조형물을 사진 찍으려고 했지만 빛이 미미하므로 셔터가 작동되지 않았다. 라이트를 터뜨려야 할 정도로 어두웠다. 나는 어이가 없어 한마디 했다.

"이것을 보기 위해 달려온 것입니까?"

"그렇습니다."

나는 황당하여 말을 잇지 못했다. 그러자 고현 스님이 보충설명을 했다.

"지장이성금인地藏利成金印이라고 부릅니다. 당 숙종이 지장 스님의 덕을 흠모하여 하사한 금인입니다."

"고작 공원에 설치된 조형물을 보려고 서둘러 왔다는 말입니까?"

"물론 그건 아닙니다. 비밀의 장소에서 진짜 지장이성금인을 보러 온 것입니다."

"비밀의 장소라니요?"

"그건 나도 모릅니다. 공개한 적도 없고 반출을 극도로 제약하는 중국의 중점 문화재이기 때문입니다. 우리로 말하자면 중국의 국보인 셈입니다."

"그런 보물을 오늘 볼 수 있다는 말입니까?"

"몇 년 만에 이루어진 성과입니다. 이곳 방장스님께서 안휘성 종교국장에게 가까스로 허락을 얻어냈다고 합니다."

그제야 나는 그림자처럼 드러난 지장이성금인을 모델로 만든 조형물을 살펴보았다. 사각의 금인 상단에는 꿈틀거리는 용들이 새겨져 있고 상단 가운데는 뿔처럼 생긴 것이 삐쭉 솟아 있었다. 그러나 날이 어두워 더 이상은 자세히 볼 수 없었다. 나는 분수대 난간 안으로 고개를 들이밀었다. 바로 그때 키가 아주 작은 단구의 승려가 달려왔다. 광제사 주지였다. 고현 스님과는 친분이 두터운 모양으로 주지가 앞서 걸었다. 날이 어두우니 참배를 먼저 하라는 배려였다.

우리는 매표소 사무실 문을 통해 광제사로 들어갔다. 절의 전각은 언덕 위로 계단 사이사이에 한 채 한 채 지어져 있었다. 여러 채의 전각을 지나 우리는 드디어 구화행궁九華行宮에 도착했다. 잠시도 지체하지 않고 계단을 올라왔으므로 숨이 찼다.

여러 채의 전각을 그냥 지나쳤던 나는 비로소 두 손을 모으고 고개를 숙였다. 마치 순국선열에 대한 묵념을 하는 기분이 들었다. 신라대각新羅大覺이란 편액 밑에는 오불관을 쓴 지장보살이 순국선열처럼 늠름한 기상으로 미소 짓고 있었다.

—신라대각.

두말할 것도 없이 신라인으로서 대각을 이룬 지장을 가리키는 편액이었다. 지장은 전각 안의 붉은 조명 속에서 드러나 나를 맞이하고 있었다. 그러나 내 눈길을 더 사로잡은 것은 그 옆의 지장스님 입상이었다. 지장이 구화산으로 들어가 지장보살이 되기 전의 모습인 수행자 상이었다. 입상은 지장이 젊은 수행자로서 광제사에 잠시 머물렀다는 것을 증명하고 있었다.

—유명교주幽冥敎主.

나는 입상 위에 걸린 액자에서 눈길을 떼지 못했다. 단 넉 자의 글씨지만 그 의미는 컸다. 마침내 수행자 지장은 광제사에서 구화산으로 들어가 보살도를 이뤘고, 입적 후 유명(저승)의 교주인 지장왕보살이 되었기 때문이다.

2

　주지는 절 밖까지 따라 나와 잠시 후에 만나자는 약속을 하고는 되돌아갔다. 우리는 바로 빈관賓館으로 갔다. 고현 스님은 무호시의 지리에 익숙했다. 중국의 호텔은 빈관이나 대주점大酒店, 대하大廈라고 한문으로 씌어 있었다.
　빈관은 광제사 공원 바로 맞은편에 있었다. 고현 스님은 주지와 밤에 그곳에서 다시 만나기로 한 모양이었다. 실제로 주지는 밤 아홉 시에 무호시 인민정부의 관리들과 함께 우리가 머물고 있는 객실로 찾아왔다.
　나는 한눈에 그들이 보자기에 싸들고 온 물건이 평소에는 공개되지 않는 중요한 보물이라는 것을 짐작했다. 주지의 얼굴을 비로소 불빛 아래서 자세히 볼 수 있었다. 칫솔처럼 직각으로 선 눈썹 때문에 대단히 강단이 있어 보였다. 그러나 관리를 대하는 그의 태도는 지나칠 정도로 친절했다.
　"고현 스님, 혹시 지장이성금인이 아닙니까?"
　"맞습니다."
　객실 안은 정적이 감돌았다. 천년 전에 만들어진 귀중한 보물을 보게 되었으니 들떠야 하는데, 모두가 너무 진지한 표정을 지어 객실 안은 엄숙한 분위기로 바뀌고 말았다. 마치 황제의 명을 받고 지장이성금인을 들고 온 칙사를 대하는 느낌이 들었다. 무호시 인민정부의 관리가 먼저 무겁게 입을 열었다.

"금인을 볼 수 있는 시간은 10분입니다. 더 이상은 곤란합니다. 우리는 바로 금인을 무호시 인민정부로 가지고 돌아가야 합니다."

금인은 광제사 방장실에서 보관해 왔는데 이제는 무호시 인민정부가 관리하고 있는 모양이었다. 베이지색 보자기를 풀자 봉인된 사각 철통이 드러났다. 금인은 봉인된 철통 속에 보관되어 있었다. 고급 관리를 보좌하고 있던 젊은 관리가 말했다.

"이렇게 금인을 보게 될 줄은 몰랐습니다."

젊은 관리는 불교 신자인 듯 철통을 보고서 합장을 했다. 고급 관리가 천천히 봉인을 뜯은 후 철통 속의 금인을 꺼냈다. 그러자 광제사 주지가 먼저 객실 바닥에 납작 엎드리어 오체투지로 절을 했다. 주지는 먼 옛날로 돌아가 황제를 알현하고 있는 것처럼 황공해 어쩔 줄을 모르고 있었다. 나도 그제야 천년 전의 지장 스님을 친견한 것처럼 흥분이 됐다. 고현 스님은 더 말할 것도 없었다. 고현 스님의 얼굴은 어느새 붉게 상기되어 있었다.

우리는 천년 전으로 돌아가 있었다. 조금 전까지의 일은 까맣게 잊고 오로지 금인만을 뚫어지게 쳐다보았다.

―불과 10분.

그러나 나에게 10분은 결코 짧지 않은 시간이었다. 금인 상단에는 아홉 마리의 용이 승천하려는 듯 꿈틀거리고 있었다. 더구나 그 용들 가운데는 정수리에 뿔이 솟은 신상神像 하나가 조각되어 있었다. 금인의 신상은 두말할 것도 없이 지장 스님이었다. 금인은 지장 스님으로 환생하고 있었다.

지장 스님과 동시대 인물인 비관경은 「구화산 창건 화성사기」에서 지장의 용모를 다음과 같이 표현하고 있다.

> 지장이라는 스님이 있었는데 그는 신라국의 왕자로서 김씨 왕의 가까운 친척이었다. 그는 머리에 뼈가 볼록 솟아났고 키가 7척이나 되며 힘은 장골이어서, 백 사람을 당해낼 수 있는 장수였다.

―그렇다면 금인 상단에 괴이하게 조각된 신상이야말로 지장스님이 아닐 것인가.

황제가 금인을 하사했다는 것은 지장 스님을 지장보살로 흠모했다는 결정적인 증거가 아닐 수 없었다. 또한 황제의 권위와 지장 스님의 도력이 합해진 금인에 대한 믿음은 중국 사람들에게 깊이 파고들 수밖에 없는 일이었다. 광제사 주지의 설명은 이를 뒷받침했다.

"금인을 찍은 부적을 지니고 다니면 지장보살의 가피加被를 입을 수 있다고 믿었고, 수의에 금인을 찍으면 지옥을 면하고 극락왕생한다고 믿었습니다."

고급 관리가 약간은 거만하게 주지의 말을 받았다.

"종교적으로는 그랬고, 금인은 곧 황제의 권위였습니다. 이 금인을 가지고 어디를 가든 그곳은 황제에게 하사받은 땅이 되었습니다."

그러나 지장 스님은 실제로 금인을 이용해 절의 재산을 축적한 일이 없었다. 다만 지장 스님이 입멸한 후에도 화성사는 황제의 금인이 있다는 사실 하나만으로 훼불이 극에 달한 시대에도 그나마 보호받을 수 있었다.

구화산 화성사에 있던 금인이 어떻게 광제사로 옮겨졌는지는 미스터리로 남아 있지만, 심산오지의 구화산이 전쟁 때마다 요새나 진지로 활용되었던 역사를 고려해 보면 금인을 보다 안전하게 보관하기 위해서였을지도 모른다. 광제사 주지는 금인에 얽힌 전설 하나를 들려주었다.

"금인은 원래 지장 스님이 계시던 화성사에 내려졌습니다. 그러던 금인이 갑자기 사라졌고, 그 금인은 어느 날 광제사 주지의 꿈에 나타났습니다. 그래서 주지는 현몽한 대로 강가에 나가 거북이한테서 금인을 전해 받았다는 얘기가 있습니다."

고현 스님이 참지 못하고 관리에게 말했다.

"한번 만져 보아도 괜찮겠습니까?"

"좋습니다."

고현 스님이 떨리는 손으로 금인을 들어 보였다. 그러자 금인의 하단에 새겨진 다음과 같은 다섯 글자가 나타났다.

唐 至德二年

지덕至德이라면 현종이 안록산의 난으로 성도로 피난 간 사이에 그의 아들 숙종이 황제로 재위하면서 사용한 연호였다. 그러니까 숙종 2년(757)에 금인을 하사받았다는 명문이었다. 이때부터 지장은 숙종황제의 흠모를 받아 지장보살로 불리게 된 것이다. 이는 신라 경덕왕 16년의 일이었다. 고현 스님이 다시 금인을 거꾸로 쳐들자 이번에는 전서로 새겨진 여섯 글자가 드러났다.

地藏利成金印

우리말로 풀면 '지장보살이 바라는 바 이익을 성취시켜 줄 금인'이라는 여섯 글자의 전서체 한자였다. 나는 한 자 한 자 소리 내어 또박또박 읽었다.

―지장이성금인.

금인에 새겨진 지장이란 바로 신라에서 건너간 지장 스님을 말했다. 고현 스님은 지장 스님을 친견하고 있는 것처럼 마침내 눈물을 흘렸다. 고현 스님의 눈물이 관리의 마음을 움직였는지 금인을 찍어 가는 것을 허락했다.

"특별히 금인을 몇 장 찍어 드리겠습니다."

광제사 주지가 준비해 온 흰 종이를 내밀자 관리가 가로 세로 12센티미터 정방형에다 무게가 4.5킬로그램이나 나가는 금인을 두 손으로 잡고 눌렀다.

약속은 정확했다. 정확히 10분이 되자 관리는 금인을 다시 철통 속에 넣었다. 그런 다음 개봉한 날짜와 시간을 적고는 봉인해 버렸다. 무호시 인민정부가 1급 유물로 보관 중인 금인에 대한 관리는 엄격하고 철저했다.

그들이 돌아간 뒤에도 객실의 분위기는 한동안 엄숙했다. 티테이블 위에는 아직도 금인의 잔상이 남아 있었다. 우리는 눈길을 떼지 못하고 우두커니 서서 침묵했다. 지장 스님을 친견한 듯한 여진이 계속되고 있었던 것이다. 자제하고 있던 감격과 흥분이 뒤늦게 솟구쳤다. 고현 스님이 참지 못하고 침묵을 깼다.

"임 박사님, 금인을 보기 위해 3년 동안 광제사 방장스님에게 호소했습니다."

"스님, 결과가 이렇게 좋아 참으로 다행입니다."

"지장 스님은 수행자의 참 모습을 보여준 부처입니다. 금인은 그분의 가장 확실한 흔적입니다. 살아 있는 그림자입니다."

금인은 나로 하여금 그동안의 선입견을 버리게 했다. 나는 여태까지 지장 스님이 99세로 입적한 후에야 지장보살로 추앙받은 줄 알고 있었던 것이다. 그런데 금인은 나의 그런 오해를 단번에 바꾸어 버렸다. 지장 스님은 이미 살아생전에 당 황제와 구화산 민중들로부터 지장보살로 불리고 있었던 것이다. 금인에 새겨진 당 지덕 2년이란 명문은 그러한 사실을 명백하게 증명했다. 금인을 하사받은 지덕 2년은 지장 스님의 나이 62세가 되는 해로, 열반하시기 37년 전의 일이기 때문이다.

황제의 금인이 구화산의 산승 지장 스님에게 내려진 것은 커다란 사건이었다. 비로소 장안에서 활동하던 시인묵객들이 구화산을 유람하게 되었다. 지장 스님의 덕을 흠모하기 위해 너도나도 구화산으로 떠났다. 이백도 구화산 산자락에 있는 무상사無相寺에 들어 다음과 같은 시를 남겼다.

    높고 높은 두타령 머리 높이 쳐들고
    멀리 멀리 구화봉 바라보니
    금사천 맑은 물 흘러내리어
    구화의 천봉만학 씻어 주고 있네.

꿈틀거리는 짙은 안개 속에
발걸음도 가볍게 영우에 날아 올라왔거니
이제 날 밝아 더 높이 올라가노라면
산 속의 스님은 눌과 함께 벗할꼬.

이 밤 스님은 침상에 나그라져
달빛을 베고 잠시 쉬고 있는데
날 밝을 무렵 문득 새들이 우는 소리
깨어보니 새벽종 울려왔네.

 금사천金沙泉이란 지장 스님이 찻물을 길던 샘이 아니던가. 지장 스님이 마시던 샘물이 구화산의 모든 봉우리와 골짜기를 씻어 준다는 것은 이백 특유의 은유가 아닐 수 없다. 무상사에 갔던 이백이 금사천을 직접 보고 읊조린 노래이므로, 이는 당시 지장 스님의 덕화德化가 구화산 전체를 덮고 있었다는 사실과 다르지 않은 것이다.

 다음날 우리는 또 택시를 불러 타고 지주시池州市로 떠났다. 지주는 구화산으로 들어가는 길목으로서 예전에는 귀지貴池라 불리던 곳이었다. 귀지에도 역시 장강의 지류인 청계淸溪가 흐르고 있었다. 귀지의 작은 포구인 추포秋浦는 이백이 만년에 머물던 곳으로 절창의 「추포가秋浦歌」 14수를 남긴 곳이기도 했다.

「추포가」 14수 가운데 이백이 자신의 고독을 강물에 하소연하는 첫 번째 노래는 다음과 같은 것이다.

> 추포는 항상 가을과 같아
> 사람을 못내 쓸쓸하게 한다.
> 나그네의 시름을 주체할 길 없어
> 동쪽의 큰 누대에 올라 보나니
>
> 서쪽으로는 바로 장안이 거기인데
> 밑으로는 흐르는 강물 보인다.
>
> 나는 강물에 부탁하노니
> 강물아, 너는 나를 생각하느냐.
> 나의 이 한 움큼의 눈물을 실어
> 멀리 양주까지 보내어다오.

이백은 누대로 올라가 술을 마시거나 대나무 배를 타고 청계로 나아가 강조대江祖臺에 앉아서 낚시를 드리우고 시름을 달랬다.

—강조대.

귀밑머리 허연 중늙은이 이백이 앉은 바위라고 해서 '강의 할아버지(江祖)'라고 명명했는지는 알 길이 없으나 지금도 그렇게 불리고 있다.

고현 스님은 청계를 건너면 만라산萬羅山이 있고 그곳에 진주사珍珠寺가 있는데, 바로 그 절에서 하룻밤 묵자고 했다. 만라산 정상의 암벽에도 지장 스님이 그곳을 거쳐 갔다는 명문이 새겨져 있다는 것이었다. 고현 스님은 청계야말로 구화산으로 들어가는 초입이므로 지장 스님이 틀림없이 지나쳤을 것이라고 주장했다.

나 역시 지장 스님이 그냥 지나쳤던 길목이 아니었을까 하고 추정했다. 지장 스님이 청계 위에 있는 진주사에서 머물 수 없었던 것은 신라에서 가지고 온 차 씨가 말라 가고 있었기 때문이다. 바랑에 든 차 씨가 지장의 발길을 재촉했을 것이라고 나는 믿었다.

금지차를 심다

지장은 광제사에 머문 지 8개월 만에 떠났다. 광제사에서 귀지 땅까지는 쉬지 않고 걸어서 한나절이 걸리는 거리였다. 마침 차마 茶馬의 행렬이 구름 같은 안개를 뚫고 경호를 지나가고 있었다. 안개 속에서 갑자기 나타난 차마들은 장관을 이루었다. 차가 가득 담긴 마대를 잔등에 실은 10여 마리의 말이 앞지르고, 뒤에서는 거마를 탄 상인이 채찍을 휘두르고 있었다. 차마들은 경호에서 뿜어 대는 안개를 밀쳐내며 귀지 땅으로 나아가고 있었다.

딸랑 댕그랑 딸랑 댕그랑.

차마 행렬이 지나가는 동안은 말발굽 소리와 말방울 소리가 끊이지 않았다. 사람들은 모두 거리로 나와 짙은 안개 속으로 느릿느릿 사라지는 차마들을 구경했다. 사람들은 차마의 상인을 마바리꾼이라고 불렀다. 마바리꾼들은 차 장사를 하기 위해 사천성에서 강서성까지의 험한 길을 오가곤 했다.

지장은 운 좋게 거마를 얻어 탈 수 있었다. 차마를 이끄는 마바리꾼 우두머리가 광제사에 들러 기도할 때 부탁을 해 두었던 것이다. 마바리꾼들은 잠을 자거나 휴식을 취할 때 대부분 절을 찾곤 했다. 차를 몇 근만 시주하면 절에서는 대환영이었다. 그만큼 차는 절에서 귀중한 물건이었고, 어떤 현령은 불로소득의 차를 반드시 신고하도록 명령했고 의심이 가면 압아押衙를 파견하여 절의 창고를 샅샅이 뒤지기도 했다.

지장은 귀지의 석모촌에서 내려 처사 고제高齊의 집을 찾았다. 고제는 광제사 신도로서, 지장을 반갑게 맞아 주었다.

"스님, 어서 드십시오."

"처사님, 그동안 어찌 지내셨습니까?"

고제의 아내는 흙이 드러난 거실 한편 아궁이에서 잔가지로 찻물을 끓였다.

"스님께서 계실 만한 곳을 찾아보았습니다. 제 소견으로는 구자산을 권하고 싶습니다. 이 부근에서는 황산과 견줄 만한 명산이옵니다."

구자산이라 하면 훗날 이백이 청양 현령과 함께 들러 다음과 같이 노래한 후부터 구화산으로 불리게 된 산이었다.

옛날 구강 위에서 멀리 구화봉을 바라보니
은하수 푸른 물에 아홉 송이 연꽃이 피었네.
昔存九江上 遙望九華峰
天河柱綠水 秀出九芙蓉

이처럼 이백이 아홉 봉우리가 아홉 연꽃 같다고 노래한 후부터 구자산은 구화산으로 불렸다. 고제는 지장의 선정력이 광제사의 어떤 승려보다도 뛰어났기 때문에 마음속으로 몹시 존경하고 있었다.

"제가 그곳까지 안내해 드리겠습니다."

"그래 주시면 더 바랄 게 없겠습니다. 그곳까지는 얼마나 걸립니까?"

"쉬지 않고 걸어서 하루는 족히 걸립니다."

지장이 차를 마시는 동안 선청은 문 밖에서 고제의 아내가 준 감자를 껍질째 맛있게 먹었다. 사발에 담긴 물까지 핥아먹은 선청은 거실로 들어와 고제와 차담을 나누고 있는 지장 옆에 시위 병사처럼 앉아 두리번거렸다. 고제는 구화산에 대해서 자신이 알고 있는 이런저런 얘기를 들려주었다. 구화산은 은둔하여 수행하기에는 명산 중의 명산이나, 흠이 있다면 도교의 텃세가 심하여 그게 걱정이라고도 말했다. 이미 도교의 성지가 되어 있었던 것이다.

실제로 구화산에 터를 잡은 도교의 역사는 오래되었다. 일찍이 한나라의 두백옥寶佰玉과 진나라의 갈홍葛洪뿐만 아니라 후대에도 당나라 초기 때까지 도사들이 들어와 구화산 골짜기 곳곳에 도관道觀을 세웠던 것이다. 이러한 도교의 성지에 최초로 불교를 전파한 승려는 동진東晋의 배도杯渡화상이었다. 그러나 배도는 도사들의 비방과 세에 밀려 불법을 펴지 못하고 구화산 재 너머로 밀려나고 말았다.

차를 마신 후 지장은 고제를 앞세우고 추포로 가는 길을 나섰다. 그들은 멀리 보이는 만라산으로 향했다. 청계의 강물은 만라산의 허리를 감고 흐르는데, 그곳이 바로 구화산으로 들어가는 초입이었다. 한나절을 걸으니 만라산 산자락을 적시고 있는 청계가 나타났다. 고제는 구화산이 있는 청양현까지는 쉴 곳이 마땅찮으므로 만라산 기슭에 있는 진주사를 들렀다 가자고 했다.

촌부들이 논밭으로 나간 한낮이어서 강마을은 텅 비어 있었다. 검은 소들이 한가롭게 풀을 뜯고 있을 뿐 아이들마저 일터로 나가 보이지 않았다. 강을 건너려면 대나무로 만든 뗏목을 타야 했다. 고제는 그 배를 죽선竹船이라고 했다. 강물은 깊지 않아서 대나무 뗏목은 삿대를 찔러 주어야 맞은편으로 움직였다. 고제가 한동안 마을 골목을 헤집고 다녀보았지만 사공을 찾지 못했다. 마침 낚시꾼을 태워다 주고 오는 대나무 뗏목이 멀리 보였다. 고제가 청계의 절벽을 향해서 손나팔을 하고 소리쳤다.

"이보시오! 이보시오!"

사공이 알아들었다는 듯이 손을 흔들었다. 가까이 다가온 사공이 갈대로 엮은 모자를 벗었다. 검게 그을린 얼굴 탓에 나이 들어 보였지만 말할 때마다 수줍은 미소를 흘리는 처녀 뱃사공이었다.

"진주사로 갑시다."

강물이 어찌나 맑은지 헤엄치는 물고기 떼가 훤히 보였다. 선청이 물고기를 보고는 컹컹 짖었다. 털북숭이 선청이 고개를 흔들 때마다 처녀 사공은 움찔움찔 놀라 삿대를 헛찔렀다. 처녀 사공은 선청이 처음 보는 형상이었으므로 개인지 짐승인지 알지 못했다.

진주사는 창건된 지 얼마 안 된 절이었다. 때마침 상공이 절을 방문하여 새로 조성한 관세음보살 불상을 감상하고 있었다. 절의 동정을 살피고 온 고제가 지장에게 그러한 사실을 알려주었다. 대나무 뗏목에서 내려 기다리고 있던 지장은 천천히 진주사로 올라갔다.

그때 진주사 주지가 달려 나왔다.

"어서 오십시오, 스님. 마침 상공께서 오시어 스님을 뵙자고 하십니다."

지장은 고제와 함께 먼저 법당으로 들어가 삼배하고 난 뒤 상공이 기다리고 있다는 누각으로 올라갔다. 고제가 앞서 걸으며 말했다.

"주지스님께 신라에서 온 스님이라고 했더니 상공께 바로 보고했나 봅니다."

"상공께서는 무슨 일로 진주사를 찾은 것입니까?"

"이곳 진주사가 새로 창건한 절이어서 스님들을 위문하기 위해 온 것 같습니다."

지장은 주지의 안내를 받아 누각으로 올랐다. 누각에서는 상공이 군의 감찰관인 감군監軍과 낭중 및 낭관, 판관 등과 함께 차를 마시고 있었다. 모두들 의자에 앉아 있다가 지장을 보더니 일어나 한 사람씩 돌아가며 지장의 손을 잡아 주었다. 상공은 자주색 옷을, 감군은 갑옷을, 낭중과 낭관은 붉은색 옷을, 판관은 섶이 달린 녹색 옷을 입고 있었다. 상공이 지장에게 다가와 물었다.

"그대 나라에도 차가 있습니까?"

"왕실이나 절에서만 마시고 있습니다."

"백성들에게까지는 퍼지지 않았군요."

"우리 신라에서는 아직 그렇습니다."

"그대의 나라 차는 어떤 차입니까?"

"몸에 기운을 주고 병을 낫게 하는 차입니다."

"차는 우리나라에서 들어간 줄 아는데, 신라에서는 어찌 영약으로 변했다는 말입니까?"

"잘 모르겠사오나 신라 절에서는 찻잎을 살청殺靑한 반발효차를 즐겨 마시고 있습니다."

상공은 불교에 대해서 관심이 깊은 듯 수행 방법에 대해서도 물었다.

"그대의 나라에도 좌하坐夏가 있습니까?"

"좌하가 무엇이옵니까?"

지장은 좌하란 말을 처음 듣게 되어 당황하였다. 그러자 옆에 있던 고제가 말했다.

"스님, 좌하란 여름철 우기雨期에 스님들이 탁발하지 않고 절에 들어앉아 불도를 참구하는 안거安居를 말합니다."

그제야 지장은 상공에게 말했다.

"잠시 머뭇거려 죄송합니다. 우리 신라 절에서는 두 번의 안거가 있습니다. 여름철에는 하안거, 겨울철에는 동안거에 들어갑니다."

상공은 그 밖에도 이국인 지장에게 궁금한 것을 더 물었다.

"그대의 나라에도 화속법사化俗法師가 있습니까?"

화속법사란 일종의 포교승을 일컫는 말이었다. 불법의 이치를 통해 선남선녀를 교화하여 불제자로 이끄는 법사를 가리켰다.

"있습니다. 불교를 전래해 준 당나라와 같습니다. 강론하는 사람을 좌주座主, 화상和尙, 대덕大德이라고 부르고, 납의를 입고 마음을 깨친 이를 선사禪師라 부르고, 계율이 남다르게 청정한 이를 율대덕律大德이라 부르고, 계율을 강의하는 이를 율좌주律座主라 부릅니다."

지장은 누각에서 내려와 진주사 승려들과 함께 공양간에서 수제비와 떡을 먹었다. 그러고 나서 지장은 우물로 가 양치질을 하고 새로 조성한 관세음보살 불상을 보러 갔다. 그때 고제가 길을 서두르자고 말했다.

"스님, 이제 떠나야 합니다. 더 지체했다가는 청양의 오계를 넘지 못하고 날이 저물지도 모릅니다."

지장이 진주사를 나서려 하자 늙은 감승監僧이 인사를 했다.

"만복을 받으십시오. 스님께서도 전등을 밝히시어 하루 빨리 본국으로 돌아가 오랫동안 국사가 되시기를 바랍니다."

주지도 비슷한 인사를 하며 전송을 했다.

"스님의 학문이 계정혜戒定慧 삼학三學을 밝히시고 하루 빨리 본국으로 돌아가 국사가 되시기를 바랍니다."

그러나 지장은 신라로 돌아갈 생각이 추호도 없었다. 구화산에 은둔하여 보살이 되기 전까지는 나오지 않겠노라고 작심했다. 좀 전과 달리 강나루에는 대나무 뗏목이 10여 척이나 대기하고 있었다. 아마도 상공 일행을 기다리고 있는 것 같았다.

대나무 뗏목에 오르자 지장이 사공에게 물었다.

"왜 저 산을 만라산이라 부릅니까?"

"잘 보십시오. 저 산의 바위들은 누워 있지 않습니다. 모든 바위들이 나한처럼 서 있습죠. 그래서 만라산이라 하옵니다."

멀리서 또 말방울 소리가 들려왔다. 한 떼의 차마들이 지나가는 모양이었다. 산길 끝에 황토 먼지가 자욱하게 일었다.

고제가 걱정한 대로 그들은 오계를 넘지 못하고 말았다. 발이 부르터 물집이 생길 정도로 쉬지 않고 걸었지만 오계를 건너지 못하고 하룻밤을 묵어야 했다. 오계란 구화산에서 발원한 다섯 계곡 물이 합쳐 흐르는 강물을 말했다.

날이 저물어 구화산의 아홉 봉우리가 푸른색에서 차츰 보라색으로 변하고 있었다. 고제가 구화산의 연봉을 가리키며 말했다.

"여기서 저기까지는 30여 리나 됩니다. 오늘은 여기서 묵고 내일 오르셔야 합니다."

큰 마을이 오계 너머에 형성되어 있었다. 청양현의 현청이 있는 곳이었다. 그들은 오계의 다리를 건너 길손을 받아들이는 역관驛館으로 들었다. 역관 주위에는 저잣거리가 형성되어 있었다. 거리를 따라 곡식을 파는 미점米店과 약을 파는 약점藥店, 물건을 잡히는 당

포當鋪, 기름을 파는 유방油坊, 쇠를 다루는 철장포鐵匠鋪, 차를 마시는 다장茶莊, 식당과 주관酒館 등이 늘어서 있었다.

건물의 모습만 다를 뿐 서라벌의 거리 풍경과 조금도 다르지 않았다. 지장은 묘하게 고향에 온 듯한 느낌이 들어 마음이 놓였다. 반찬도 서라벌에서 먹던 것이 상에 올라왔다. 가지와 생강이 있어 저녁 공양을 배불리 먹고 누웠다.

이른 새벽이었다. 철장포에서 들리는 쇠망치 소리에 잠을 깬 지장은 고제와 헤어져야 했다. 지장은 구화산으로 들어가야 했고, 고제는 귀지로 돌아가야 했던 것이다. 지장은 고제의 손에 바랑에서 꺼낸 사금을 쥐여 주었다. 고제는 한사코 뿌리쳤지만 지장은 거둬들이지 않았다. 지장은 고제와 헤어지기가 아쉬워 다장으로 들어가 공복에 차를 마셨다. 고제가 어젯밤 자기 전에 한 얘기를 다시 되풀이했다.

"남향을 원하시면 오계를 따라가지 마시고 곧바로 길을 계속 가시다가 산록을 찾아 들어가시면 됩니다."

지장은 고제의 조언을 받아들였다. 구화산은 아흔아홉 개의 봉우리를 길게 형성하며 동서로 누워 있으므로 기온이 온화한 곳은 남쪽을 바라보는 산록일 터였다.

"다만 남향의 산록은 절벽이 많고 가파르다는 것이 흠이오니 조심하셔야 합니다."

고제가 떠난 후 지장은 바로 구화산으로 들어갔다. 한나절을 걸으니 고제의 말대로 어느 산길을 타야 할지 망설여졌다. 큰 계곡이 끝난 곳부터는 바로 천길 낭떠러지들이 병풍처럼 둘러져 있었다. 지장은 도관에 들어 산세를 물으려 했으나 쫓겨나고 말았다. 낭떠러지 아래의 둔덕 위에는 이미 도사들이 땅을 차지하고 있었다.

할 수 없이 지장은 선청을 앞세우고 가파른 산을 올라갔다. 다행히 선청은 지장이 오를 수 있는 안전한 곳만을 골라 주었다. 지장은 날이 어두워지면 선청과 함께 낙엽을 뒤집어쓰고 잤다. 짐승처럼 웅크리고서 날이 새기를 기다렸다. 산 속에서 이틀 낮 이틀 밤을 보내고 나자, 마침내 낭떠러지 위에 조그만 분지가 나타났다. 분지는 대숲에 둘러싸여 있었고, 샘에서 물이 솟고 그 옆으로 작은 개울이 하나 흐르고 있었다.

지장은 보름 동안 쉬지 않고 칡뿌리를 캐고 도토리를 주웠다. 구화산에서 겨울을 날 양식이었다. 그런 다음 움막에서 나와 대나무와 풀로 암자를 지었다. 암자는 햇볕이 하루 종일 들어 겨울인데도 춥지 않았다. 지장은 암자 주위 대밭에 신라에서 가지고 온 차씨를 심었다. 볍씨를 뿌릴 다랑논도 일구어 물을 댔다. 지장이 심은 볍씨는 바로 황립도黃粒稻라는 것이었다.

훗날 이지세李之世는 황립도의 모습을 다음과 같이 시로 남겨 지장의 흔적을 느끼게 해 주고 있다.

금빛 낟알 불가의 식량이라네
중이 이르는 말, 이국(신라)에서 옮겨왔다네
산새들도 떨어진 낟알 감히 못 쪼으노니
바리때에 담아 법왕한테 올리네
金栗原來是佛糧 僧云移植自殊方
山禽未敢銜遺粒 香鉢先擎供法王

  겨울을 그렇게 보내고 나니 지장의 손발은 짐승처럼 주름 잡히고 거칠어져 버렸다. 머리는 삭발한 지 오래되어 봉두난발이 되어 있었다. 겨우내 지장은 누구 한 사람 만난 적이 없었다. 청양의 나무꾼이나 도사들도 지장이 있는 곳까지는 엄두를 내지 못했다. 지장이 마주치는 것들은 산짐승뿐이었다.

  지장은 훗날 반타석般陀石이라고 불리게 된 반반한 바위로 내려가 좌선을 다시 시작했다. 반타석은 좌선하기에 아주 좋은 바위 방석이었다. 반타석 아래로는 아슬아슬한 절벽이었으므로 백척간두에서 진일보를 시험하는 생사가 넘나드는 지점이요, 시야는 멀리 청양현의 넓은 뜰이 한눈에 들어 통쾌하고, 반타석은 하루 종일 나무 그늘과 햇볕이 섞여 들어와 천혜의 선방이 되어 주었다.

  지장의 도반이 있다면 바로 차와 선청이었다. 훗날 이곳을 찾은 승려들은 지장이 머문 띳집을 고쳐 지어 구자암이라 불렀으며, 또

한 그들은 선청의 이름을 제청帝聽이라 하여 제청탑을 세워 주었다.

이때 신라 왕실에서는 지장을 찾고자 사람을 청양으로 보냈으나 허사로 끝나곤 했다. 도대체 지장을 보았다는 사람이 나타나지를 않았다. 구화산으로 들어간 줄은 아는데 이후 지장을 보았다는 사람이 단 한 명도 나타나지 않는 것이었다.

지장이 입산한 지 수년이 흐른 후, 어느 날 산 속에서 길을 잃은 청양의 도사가 지장을 만난 적은 있었다. 그날도 지장은 반타석에 앉아 가부좌를 틀고서 선정 삼매에 들어 있었다. 도사는 마음속으로 지장을 비웃으며 기다렸다. 가만히 앉아서 무엇을 구하려고 하는지 지장의 수행이 한심했다. 길을 잃은 그 도사는 섭생으로 신선이 될 수 있다고 믿었다. 그가 구하러 다니는 것은 구화산에 자생하는 신비스런 약초였다. 도사들은 그와 같이 아직도 구화산에는 불로초가 있다고 믿고 있었던 것이다.

도사는 지장이 지쳐 쓰러질 때까지 지켜보기로 했다. 그러나 그가 먼저 지쳐 버렸다. 하루가 지나고 이틀이 지나도 지장의 자세는 하나도 흐트러지지 않고 바위처럼 꿈쩍 않고 있었던 것이다. 사흘째 되는 날 도사는 지장을 불렀다.

"화상이시여, 내 말이 들리십니까?"

지장은 도사의 행동 하나하나를 이미 지켜보았으므로 그의 마음을 훤히 꿰뚫어 보고 있었다.

"길을 잃었구려."

"그렇습니다. 벌써 그 자리에서 며칠이 지난 줄 아십니까?"

"나는 이미 생사를 초월했으니 그따위 생각은 그대의 분별일 뿐이오."

"불법이 생사를 초월한다는 말입니까?"

"그대가 나를 지켜보았는데 더 무엇을 의심한단 말이오. 그대는 불로초를 얻어 불로장생한다고 하지만 그것은 허망한 일이오. 그러나 불법은 장생을 얻고 말 것도 없소. 그저 생사를 초월해 버리니까."

도사는 지장이 자신의 심중을 꿰뚫어 보고 있음을 알고는 무릎을 꿇었다.

"화상이시여, 어찌 이런 산중에 숨어 사는 것입니까?"

"숨어 살고 있지 않습니다. 그대들이 나를 보지 못하고 있을 따름이오."

"화상이시여, 혹시 신라에서 오신 분이 아니시옵니까? 신라 사람들이 화상을 만나려고 몇 번이나 청양을 찾아오곤 했습니다."

지장은 자리에서 일어났다. 그리고는 띳집으로 오르며 말했다.

"도사여, 어서 일어나시오. 그대는 나에게 길을 묻지 않았소."

"그렇습니다, 화상이시여. 어디에 길이 있는 것입니까?"

"낮은 곳으로 흐르는 이 개울물이 그대의 스승이오. 이 물을 따라가다 보면 그대가 사는 땅이 나올 것이오."

도사가 지장의 등뒤에서 소리쳤다.

"화상이시여, 제자가 되고 싶습니다. 받아 주십시오."

그러나 지장은 대답하지 않고 대숲으로 들어가 찻잎을 땄다. 일찍이 그가 심은 차나무는 어느새 가지마다 열매를 주렁주렁 맺고 있었다. 도사가 돌아가지 않고 머뭇거리자 지장이 다시 말했다.

"나에게 불로초가 있다면 바로 이것이오. 마음을 깨치게 하는 이 찻잎이야말로 불엽佛葉이 아니고 무엇이겠소."

"저에게 차 씨를 주시겠습니까?"

"자, 내 제자가 되겠다면 이 차 씨를 가져가 구화산 산 아래 심어 주시오. 차를 통해서도 깨달음을 얻을 수 있으니 차를 스승 삼으시오."

"화상이시여, 그러겠습니다."

"이 차 씨가 구화산을 덮을 때 구화산은 비로소 연화불국이 될 것이오."

도사는 지장의 유발有髮 제자가 되어 산 아래로 내려갔다. 그러나 그 뒤 그는 지장을 다시 만나지 못했다. 천길 절벽 위로 오르는 길을 잃어버렸기 때문이었다. 대신 그는 산 아래 둔덕에 차 씨를 심고, 돋아난 싹을 부지런히 가꾸었다.

훗날 도사가 차 씨를 심은 차밭 부근에 절이 하나 지어졌는데, 그 절에서는 우연하게도 지장이 마시던 불차(佛茶)와 맛이 흡사한 차를 만들어내었다.

차맥을 잇는다 함은 차의 가장 순수한 상태인 청정하고 오묘한 경지를 이어간다는 말과 다르지 않으리라. 그렇지 않다면 선사들이 왜 그러한 차를 애써 만들어 마시겠는가. 지장이 남긴 불차인 금지차의 경지는 향기가 맑고 청량하여 마치 한겨울의 언 개울물을 깨고 마시는 그 맛과 같은 것이다.

지장은 또 반타석과의 인연도 다해 가고 있음을 알았다. 띳집을 지어 반타석에서 선정 삼매에 든 지 15년—. 선청이 늙어 천수를 다 누리고 죽은 것이다. 지장은 선청을 묻어 주고 탑처럼 돌무더기를 만들어 주었다. 지장은 다시 칡덩굴을 헤치며 구화산을 올랐다. 이번에는 오계가 보이는 반대편에서 수행하고자 했다.

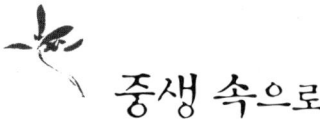
중생 속으로

　또 한 사람의 선승이 741년에 구화산으로 들어왔다. 단호檀號라는 승려였다. 단호는 입산하자마자 나무로 기둥을 세우고 풀로 지붕을 얹어 암자를 지었다. 암자를 짓는 데 구자촌 사람들이 틈틈이 울력을 해 주었다. 당시 구자촌에는 토호 민양화閔讓和나 장리長吏 제갈절諸葛節이 살고 있었고, 외지에서 흘러든 떠돌이 유민과 토착 화전민들이 근근이 끼니를 연명하고 있었던 것이다.
　당시 불교는 달마가 불법을 편 이후 육조 혜능에서 회양으로, 다시 마조로 이어지면서 중국 천하에 선불교가 큰 기세로 융성하고 있었다. 대선사 마조에 이르러 뛰어난 세 명의 대선사와 수십 명의 수좌가 배출되어 당나라 각지로 퍼져 나갔기 때문이었다. 세

명의 걸출한 대선사란 남전, 서당, 백장이 바로 그들이었다.

그중에서 남전은 안휘성 동릉 남산에 남전사南泉寺를 짓고 고불 조주와 신라 출신 철감 도윤 같은 빼어난 제자를 길렀다. 오지 중에서 오지인 안휘성에도 비로소 선종이 들어 선풍을 일으키게 된 것이었다.

그런데 온갖 사역과 세금의 착취에 시달리는 민초들은 선이 무엇인지, 수행자들이 왜 선방에 앉아 참선하는지를 알지 못했다. 무지렁이 민초들에게는 선이 무엇인지 알쏭달쏭하기만 할 뿐 가슴에 와 닿지 않았다. 사는 것조차 벅차고 고달픈 민초들에게는 선종의 선이 위로가 되지 못했던 것이다.

황실이 간신들에 의해 부패할수록 지방의 상공이나 자사들의 횡포는 극에 달했다. 윗물이 맑지 못하니 아랫물이 탁해질 수밖에 없었다. 처음에는 바른 정치를 펼쳐 성군이라는 칭송을 듣던 현종도 양귀비楊貴妃와 사랑에 빠져 이림보李林甫에게 정무를 맡겨 놓고 환관 고력사高力士와 같은 간신배들과 놀아났다.

양귀비의 사치는 극에 달해서 그녀의 옷을 담당하는 직녀織女가 무려 7백여 명에 이르렀는데, 이는 허덕이는 민초들의 고혈을 빠는 것이나 다름없었다. 이때 이백은 장안에 머무르고 있었지만 환관 고력사의 모함으로 3년 만에 떠나고 말았다. 현종이 이백을 불러들였을 때, 술 취한 이백이 고력사에게 자신의 신발을 벗기라는 등의 모욕을 주었던 것이다.

　백성들과 달리 양귀비 일족은 부귀영화를 누렸다. 육촌 오빠인 양국충楊國忠은 승승장구하여 재상에까지 올랐다. 여동생의 후광으로 높은 지위에 오른 양국충은 어느새 황제와 같은 권력을 누렸다. 겨울이면 화로에 불을 들이지 않고 알몸의 처녀들을 불러들여 자신을 에워싸게 하여 몸을 데우는 등 무도한 황음에 빠졌다.

　결국 양국충과 충성을 경쟁하던 안록산安祿山은 반란을 일으키게 되었고, 반란군이 관군에 연전연승하면서 장안으로 밀려오자 현종은 양국충의 종용으로 어슴푸레한 새벽에 황망히 장안을 빠져나와 촉蜀으로 몽진하게 되었다.

　난세에는 몸뚱어리밖에 가진 것이 없는 민초들만 더 불행해지게 마련이었다. 사람이 사람을 잡아 인육을 먹는다는 참담한 소문이 떠돌고 민심은 극도로 흉흉해졌다. 비록 달마의 선불교가 마조에 이르러 만개했다고는 하지만 난세의 중생들을 어루만지는 데는 한없이 무기력했다.

　이때 선승 단호는 난세의 흉흉한 공기를 피해 구화산으로 들어왔다. 구화산의 바람 소리와 물소리를 들으며 수행하여 성불하겠다는 일념으로 말법세상을 떠나온 것이다. 단호는 자신이 성불하는 것 외에는 어떤 일에도 관심이 없었다.

　구자촌에 역병이 창궐하는데도 단호는 전염병을 피해 더 깊은 산속으로 들어가 좌선할 뿐이었다. 단호는 성불하겠다는 목표에 자신의 목숨까지 걸었다. 자신이 깨달음을 이루어야만 자신이 사는 세상도 불국정토로 바뀔 것이라고 믿었다. 단호는 구자촌 마을 사람들이 굶어 죽건 말건 오로지 성불을 향해 정진했다.

구자촌 사람들은 너도나도 단호를 원망하기 시작했다. 자신들을 위로해 주고 마음의 병을 어루만져 주기보다는 외면을 하니 거부감이 들었던 것이다. 어느새 마을 사람들은 단호가 탁발을 나와도 슬금슬금 피해 버렸다.

이 무렵 지장은 노호동老虎洞에서 정진하고 있었다. 사람들은 노호동 동굴에 지장이 있는 줄 몰랐지만 단호는 알고 있었다. 구화산의 동굴을 돌아다니며 수행처를 찾던 중 선정 삼매에 든 지장을 보았던 것이다. 수행승끼리는 법력을 아는 법이었다. 단호는 지장의 몸 주위에 방광放光이 이는 것을 보고는 놀라 도망쳤다.

지장은 가부좌를 풀고는 금사천金沙泉에서 물을 길어 와 차를 달여 마셨다. 동굴 입구에는 몇 해 전에 묻은 차 씨들이 어느새 관목으로 자라 있었다.

―이제 동굴 수행을 끝내야 한다. 구자촌으로 가야 한다. 민양화의 시주로 지은 절을 더 이상 비워둘 수 없지 않은가.

지장은 노호동 좌선대에 앉아서 동굴을 처음 찾아 들어와 겪었던 일들을 떠올렸다. 동굴에 가부좌를 튼 지 며칠 만에 일어난 일이었다.

갑자기 독사가 나타나서 지장의 허벅지를 물었다. 동굴 주위에는 독사가 많았던 것이다. 그러나 그때 지장은 독사가 무는 것도 잊은 채 선정 삼매에 들어 있었다. 그럴 때는 독사의 독도 몸속으로 퍼져 나갈 수 없었다. 핏줄을 타고 퍼지는 독을 물리치는 힘이 생기기 때문이었다.

독은 삼매에서 벗어나 휴식을 취할 때에만 퍼져 나갔다. 과연, 지장이 가부좌를 풀자 독이 갑자기 퍼지면서 정신이 혼미해졌다. 그러면서 눈앞에 한 여인이 나타났다. 그제야 지장은 독사가 자신의 허벅지 살을 물었다는 것을 알았다. 지장은 자신의 선정 삼매를 시험하기 위해 관세음보살이 독사로 둔갑했을 거라고 믿었다. 여인이 부끄러워하며 말했다.

"저를 용서해 주십시오. 스님께서는 이미 깨달으신 부처입니다. 이곳에 샘물이 솟아오르게 하는 것으로 사과하려고 하오니 받아 주십시오."

여인이 가리키는 쪽으로 가보니 돌 밑에서는 맑은 샘물이 퐁퐁 솟아오르고 있었다. 그날부터 지장은 금사천까지 찻물을 뜨러 가지 않아도 되었다. 눈비가 오는 날에는 바위가 미끄러워 금사천까지 오르내리는 것이 몹시 위험했던 것이다.

끼니는 도토리 죽으로 해결했다. 동굴 주변에는 농토가 될 만한 땅이 없었다. 헌 솥을 동굴 밖에 걸어 놓고 하루 한 끼만 죽을 끓여 먹으며 정진했다. 구자촌 장리인 제갈절이 마을 사람들과 함께 동굴을 찾아온 때는 바로 그 무렵이었다.

제갈절은 구화산의 승경을 찾아 아직 한 번도 가본 적이 없는 동쪽 산 능선으로 다래 덩굴을 뚫고 올랐다. 한나절을 땀 흘리며 오르자 갑자기 나타난 절벽 위에 동굴이 하나 보였다. 제갈절은 동굴 쪽으로 내려갔다. 먼저 눈에 띈 것은 동굴 밖에 걸어 놓은 작은 솥단지였다. 솥 안에는 백토의 일종인 관음토觀音土와 쌀 몇 알, 그리고 도토리가 한 줌 있었다. 관음토란 때로 약초와 함께 섞어 도교의 도사들이 먹는, 배탈이 나지 않는 흰 흙을 말했다.

단호가 정진하는 모습과는 너무 달랐다. 단호는 최근에 청양의 토호가 시주를 하여 쌀가마니를 쌓아 두고 있었다. 마을 사람들이 하나둘 그를 피하자 청양까지 나아가 큰 시주자를 구했던 것이다.

희미한 빛이 드는 동굴 안에는 한 승려가 가부좌를 틀고 있었다. 두 눈을 반개하고 선정에 들어 미소 짓고 있는 지장이었다. 제갈절과 마을 사람들은 지장이 가부좌를 풀 때까지 기다리고 있다가 물었다

"대덕이시여, 어찌하여 이렇듯 간고하게 도를 닦는 것입니까?"

"나를 위해서가 아니라 그대들을 위해서입니다."

"저희들을 위한다면 마을로 내려오셔야지 왜 동굴에서만 참선

하고 계십니까?"

"인연을 기다리고 있습니다."

"어떤 인연이옵니까?"

"그대들이 나를 부르는 것이 인연입니다."

제갈절은 동굴 안이 갑자기 해가 뜨는 듯 환해지는 것을 느꼈다. 그들이 찾던 대덕이 동굴 안에서 정진하고 있는 것이었다. 지장은 차를 끓여 권했다. 함께 온 마을 사람 중에 한 사람이 물었다.

"마을로 내려오시어 법문을 해 주시겠습니까?"

"때가 되면 그리할 것입니다."

"저희들은 힘을 모아 절을 지어 스님께서 내려오시면 머물 수 있게 하겠습니다."

"그래서는 안 됩니다. 그대들은 나를 위해 절을 짓지 마시오."

제갈절이 다시 물었다.

"우리들은 지금 간고하게 수행하시는 스님의 모습에 감동하여 스님을 모시고자 말씀드리고 있습니다."

"내가 어디를 가건 그곳이 바로 절입니다. 그러니 따로 절을 짓지는 마십시오. 그대들에게는 지금 육신의 쌀 한 톨과 마음의 쌀 한 톨이 필요할 뿐입니다."

"육신의 쌀 한 톨이라는 말씀은 알겠습니다만 마음의 쌀 한 톨이란 무엇입니까?"

"마음이 편안해지는 극락을 말합니다. 마음속에 불법의 씨앗을 뿌려 정토淨土를 일구시기 바랍니다."

"극락이 마음속에 있다는 말씀입니까?"

"그렇습니다. 그대들이 다투지 않고 이웃과 쌀 한 톨조차 나눌 줄 알 때 극락의 문이 열리게 됩니다. 비로소 몸과 마음이 청정해져 행복해지는 것입니다. 이러한 도리를 가르쳐 주는 것이 바로 불법입니다."

제갈절은 마을로 내려와 구자촌 마을 사람들을 다 모아 놓고 말했다.

"동쪽 동굴에 도인이 계십니다. 도인이 우리 마을에 머물 수 있도록 합시다."

그러나 지장은 바로 마을에 내려가지는 않았다. 지금은 내려갈 때가 아니라고 보았다. 비록 마을 사람들에게 신망을 잃기는 했지만 맹렬하게 정진하고 있는 단호가 머물고 있기 때문이었다. 그런데 단호는 어느 날 스스로 떠나고 말았다. 마을 사람들이 모두 지장에게 귀의하는 것을 보고는 바랑을 메고 구화산 재를 넘어가 버렸던 것이다. 그제야 지장은 마을로 내려가 법문을 해 주고 돌아오곤 했다.

마을에서 법문을 마친 뒤 돌아오는 길에 이런 일이 있었다. 숲 속에서 다급한 장정의 목소리가 들려왔다.

"살려 주세요!"

지장은 급히 산길을 뛰어 올라갔다. 노호동 동굴로 가는 산길에서 호랑이가 장정을 덮치려고 으르렁거리고 있었다. 호랑이는 지장을 보자마자 장정을 물지 못하고 달아나 버렸다. 지장은 부들부들 떠는 장정을 동굴로 데리고 와 차를 마시게 하여 안심시킨 후 내려보냈다. 장정은 구자촌의 큰 부자 민양화의 아들이었다.

민양화는 구화산의 산림과 자원을 독차지하고 있는, 재산이 만관萬貫이나 되는 토호였다. 그는 독실한 불교 신자로 수행자들에게 늘 공양 올리기를 즐겨 하는 사람이었다. 명절이 되면 반드시 구화산은 물론 청양의 수행자들을 모두 불러 99자리를 마련해 놓고 공양을 올리곤 했는데, 지장이 아들을 구해 준 뒤부터는 지장이 오든 오지 않든 1백 자리를 준비했다.

지장이 또 동굴에서 내려온 날이었다. 민양화의 아들이 지장을 기다리고 있다가 집으로 안내했다. 민양화는 아들의 목숨을 구해 준 지장을 각별하게 대했다.

"스님, 아들의 목숨을 구해 준 스님의 은공을 제가 어떻게 보답해야 할지 모르겠습니다."

지장은 민양화의 마음을 들여다보고 기꺼이 말했다.

"저에게 절 지을 땅을 좀 시주하시겠습니까?"

"스님, 그리하십시오. 이 넓은 구화산이 다 제 땅입니다. 그러니 마음대로 고르십시오."

"민 공, 고맙습니다."

"보아둔 땅이 있습니까?"

"절을 짓게 되면 그 공덕이 아주 클 것입니다."

"얼마나 크겠습니까?"

지장이 손가락을 내밀었다. 지장은 구화산의 아흔아홉 봉우리를 하나하나 가리켰다.

"이제 아시겠습니까?"

"스님 말씀대로 구화산 전체를 연화불국으로 만드시길 바랍니다."

지장은 차 한 잔을 더 마신 후 동굴 밖으로 나왔다. 그동안 정이 든 맞은편의 선녀봉이나 대고령大高嶺, 봉황령이나 벽도암碧桃岩 폭포가 새삼 정겹게 다가왔다. 날마다 마주쳤던 그것들을 다시 보자 눈시울이 뜨거워졌다. 지장은 자신이 심은 차나무 잎을 어루만지며 중얼거렸다.

―그래, 구자촌 사람들 마음속으로 들어가자. 그것이 일찍이 내가 꿈꾸었던 보살의 모습이 아닐 것인가. 말법시대의 중생 속으로 들어가자. 중생을 부처로 모시자. 중생의 하근기下根機에 맞는 수행법으로 제도하자. 그들에게 참선하여 마음의 자성불自性佛을 찾게

하는 것은 무리다. 그래, 그들에게는 아미타불을 염불하여 극락왕생하게 하는 쉬운 방편을 가르쳐 주어야 하리라.

마침내 지장은 동굴의 문을 닫고 구자촌으로 내려갔다. 지장은 내려가자마자 가사를 벗었다. 사람들이 요사를 지어 주었으나 아직 법당이 없기 때문이었다. 지장은 사람들과 함께 터를 닦고 나무를 베고 돌을 깎아 법당을 지었다. 종각도 지어 종을 달아 놓고 예불시간을 알리게 했다.

법당에는 아미타불과 지장보살과 관세음보살을 모셨다. 지장 자신은 석가모니불을 먼저 모시고 싶었지만 구자촌 사람들의 염불신앙을 돕기 위해 그리했다. 때가 되면 다시 법당을 여법如法하게 지어 자신은 석가모니불을 모실 것을 서원했다.

또한 지장은 일군 논에 물을 대기 위해 연못을 팠다. 법당 앞에 반달형의 연못을 크게 팠는데, 이름은 월아지月牙池 혹은 언월지偃月池라고 했다. 산간에 다랑논을 개간하다 보니 물이 부족하여 또다시 저수지를 파기도 했다. 무논에는 신라에서 가지고 온 황립도 씨앗을 뿌렸다.

제자들이 갑자기 늘어났다. 절 지을 땅을 시주했던 민양화도 아들 도명道明을 지장 앞으로 출가시켰다. 몇 년 후에는 민양화 자신도 가산을 정리한 후 출가하여 지장의 제자가 되었다. 절의 규모가 커지자, 수행자들이 구화산으로 속속 들어와 지장에게 귀의했다.

지장은 암자를 지어 제자들을 보내 아미타불과 지장보살을 염불하게 했다. 특히 수좌 승유勝瑜와 유탕俞蕩에게는 구자촌 사람들에게 쌀 한 톨이라도 더 돌아가게끔 밤낮으로 논밭을 일구도록 지시했다. 지장 자신은 절 주위에 금지차 씨를 심어 차밭을 넓혀 나갔다.

이 무렵 이백이 청양 현령 위중감韋仲堪과 함께 구화산엘 들렀다가 지장의 제자들이 정진하고 있는 무상사에서 하룻밤 자고 돌아갔다.

이백은 지장을 만나지는 못했지만 구화산에 「지장보살 찬」이란 시를 남기고 떠났다.

    석가모니 부처님 열반에 들어 해와 달이 부서지고
    오직 부처의 지혜만이 생과 사의 빛을 씻는다네.
    보살의 대자대비 끝없는 고해에서 구해 줄 수 있나니
    홀로 오랜 겁을 지내며 중생을 구해 주는데
    이 모든 것이 지장보살의 자비라네.
    大雄掩照日月崩落
    唯佛知慧大而光生死雪
    賴假普慈力能救無邊苦
    獨出曠劫得開橫流
    爲地藏菩薩爲當仁矣

이와 같이 이백은 석가모니불의 열반 이후 자비의 화신으로 세상에 나타난 지장의 행적을 길이 먼 훗날까지 전하기 위해 시 한 수를 남기고 구화산을 떠났던 것이다. 이때가 이백의 나이 54세 때(754)였으니 지장은 60세가 되던 해였다.

당시에는 60세가 되면 노승이라 불렀다. 지장도 제자들에게 노사老師란 소리를 들었다. 무호나 남릉까지 먼 길을 떠나 정토 4부경 등을 필사해 오는 일 등은 제자 유탕에게 맡겼다. 지장은 참배객들이 넘쳐나는 산문山門을 지켰다. 구화산으로 입산한 이후 수십 년 동안 단 한번도 산문을 벗어나 본 일이 없었다.

 보살과 중생

1

당 숙종은 구화산으로 칙사를 보냈다. 지장에게 감화를 받은 청양 현령 위중감이 황실에 상주서上奏書를 올렸기 때문이었다. 위중감은 이백이 지은 「지장보살 찬」까지 상주서에 곁들여 보냈는데, 숙종은 평소 이백을 탐탁잖게 여겼지만 난세에 지장보살이 나타나 백성을 제도하고 있다는 이백의 시에는 크게 감동했다.

칙사 일행은 현령의 안내를 받아 지장이 머물고 있는 구자촌의 절로 오고 있었다. 나귀를 탄 긴 행렬은 무장한 군사의 호위를 받고 있었다. 때아닌 볼거리에 구자촌 사람들은 모두 산길로 나와 구경했다. 이미 연락을 받은 지장의 제자 승유가 칙사 일행을 맞이했다. 칙사는 승유를 보더니 나귀에서 내리자마자 두 손을 올려 합장했다.

"대덕이 지장이시오?"

"아닙니다. 노사님은 지금 절에 계시지 않사옵니다."

"아니, 황제의 명을 받은 칙사가 온다는 사실을 모르고 있었다는 말이오?"

"모르실 리가 있겠습니까? 알고는 있사오나 노사님을 만나려면 좀 기다리셔야 하옵니다."

칙사는 이맛살을 찌푸리며 현령을 불러 말했다.

"나는 황제를 대신해서 왔소. 한데 지장화상은 예의를 모르는 것 같소. 고작 제자를 시켜 마중을 나오다니."

"지장화상은 덕이 높습니다. 필시 무슨 일이 있을 터이니 잠시만 기다리시면 오해가 풀리실 것입니다."

그때 승유가 합장하며 말했다.

"잠시만 기다리십시오. 소승이 모시고 오겠습니다. 그사이 먼 길을 오셨으니 이곳의 불차佛茶로 목을 축이고 계시는 것이 어떻겠습니까?"

불차란 말을 듣고는 칙사의 표정이 곧 바뀌었다. 칙사는 유명한 차인으로 각 지방의 명차를 모으는 것이 취미이고 차의 맛을 감별하는 데 일가견이 있는 벼슬아치였던 것이다.

"불차라니 처음 듣는 말이오."

승유는 대답을 준비해 두고 있었던 것처럼 막힘없이 말했다.

"지장노사께서 일찍이 신라에서 가지고 온 차 씨를 심어 기른 차입니다. 불차를 금지차라고 하는데 청양에서 생산하는 차와는 맛의 근본이 다릅니다. 살청한 반발효차에 가깝고 혹자는 한겨울의 언 개울물을 깨고 마시는 것과 같이 정신이 난다고 하옵니다. 소승도 깊은 향기와 맑은 맛을 즐기고 있사옵니다."

"그래요? 어서 차향을 맡고 싶구려."

칙사는 절 안의 차실로 안내되어 황제의 칙명을 잠시 잊고 승유가 말한 불차의 맛을 기다렸다. 황제의 칙명이란 황제를 대신하여 지장에게 지장이성금인을 하사하는 일이었다. 숙종이 몇 달 전에 청양 현령의 장계를 받고 지장을 장안의 황실로 불렀으나 지장이 입궐을 고사하므로 칙사를 보낸 것이었다.

수행자가 황제에게 금인金印을 하사받는 일은 극히 드물었다. 황제의 명으로 만들어지는 금인은 옥새나 다름없는 신표이기 때문이었다. 금인을 흉내내어 옥이나 동으로 만들어 지닐 수는 있으나 금인과 똑같이 모조하는 일은 국법으로 금지되어 있었다. 그만큼 금인은 황제의 권능을 상징하는 보물이었다.

차를 한잔 마신 칙사는 좀 전의 일을 깨끗이 잊어버렸다. 칙사는 차의 향기가 목으로 넘어가는 것을 붙잡기 위해 두 손으로 자신의 목을 감싸 쥐기까지 했다.

"이게 금지차란 것이오?"

"그렇습니다."

"아, 천하제일의 맛과 향이로다."

칙사의 환한 표정을 보고 가장 안도하는 사람은 청양 현령이었다. 그는 차맛도 모르면서 맞장구를 쳤다.

"구화산의 불차는 이미 명차의 반열에 오른 지 오랩니다. 한 잔의 차로 깨달음을 얻을 수 있다 하니 어찌 명차가 아니겠습니까?"

"구화산의 수행자는 모두 이 금지차를 마신다는 말이오?"

승유가 현감 대신 대답했다.

"구화산에는 절이 백여 군데도 넘습니다. 또한 절 주위에는 하나같이 금지차밭이 일구어져 있습니다. 그러니 구화산은 불차의 향으로 덮인 연화불국이라 할 수 있습니다."

"연화불국이라……."

"일찍이 지장노사께서는 금지차가 구화산을 덮을 때 연화불국이 된다고 말씀하신 바 있사옵니다."

칙사가 또 승유에게 말했다.

"금지차밭을 보고 싶구려."

"바로 절 뒤에 있사옵니다. 원하신다면 소승이 안내해 드리겠사옵니다."

"그, 그럽시다."

칙사는 금지차밭을 보자마자 승유의 안내를 받지 않고 밭이랑을 잰걸음으로 걸으며 코를 벌름거렸다. 금지차꽃은 향기가 진했다. 차밭에는 온통 차꽃 향기가 진동하고 있었다. 때마침 지장은 호미를 들고 차밭에서 잡초를 뽑고 있었다. 지장은 칙사가 자신에게 다가오는 줄 모르고 호미질만 하고 있었다. 칙사 역시 허리를 웅크린 채 일하고 있는 승려가 지장인 줄 알지 못하고 물었다.

"이게 금지차밭이오?"

"그렇소."

호미질 하던 지장이 고개를 천천히 돌리며 칙사에게 말했다.

"나는 황제의 명을 받고 온 칙사요."

그러나 지장은 그런 사건에 관심이 없었다. 설사 황제가 왔다 해도 하던 일을 멈출 생각이 없었다.

"칙사여, 비켜 주시는 게 어떻겠소. 소승은 호미질을 더 해야 합니다."

잡초를 뽑는 호미질이 아직 끝나지 않았으니 칙사더러 밭을 나가 달라는 말이었다. 그제야 승유가 칙사의 다음 말을 잘랐다.

"지장노사이십니다."

장안에서 황실을 기웃거리는 권승權僧만 보아왔던 칙사는 지장의 당당한 모습에 놀랐다. 비록 누더기를 입은 초라한 모습이지만 불거진 광대뼈 위에서 내쏘는 형형한 눈빛은 섬광처럼 살아 있었다. 말씨는 온화하고 부드러워도 두 눈에서 뿜어져 나오는 범접할 수 없는 기운이 칙사를 압도했다.

"대덕이시여, 몰라보았습니다. 원하시는 것이 무엇입니까? 황제께 말씀드려 다 이루어지도록 해 드리겠습니다."

"소승이 바라는 것은 아무것도 없소이다. 다만 그대가 서 있는 차밭을 일구고 호미질을 할 뿐이라오."

칙사는 정신이 번쩍 들었다.

—아, 이것이 바로 금지차 주인의 모습이구나. 노사가 깨달은 구경究竟이구나.

"대덕이시여, 불법이 무엇입니까?"

지장은 일어나 차밭을 한번 둘러보고는 다시 허리를 굽혀 호미질을 했다. 그러나 칙사는 지장이 차밭을 둘러본 의미를 미처 깨닫지 못하고 다시 물었다.

"대덕이시여, 불법이 무엇입니까?"

"잡초를 쉬지 않고 뽑아 주니 차밭이 성성한 것입니다."

"그것이 불법이란 말입니까?"

"마음이 청정하려면 온갖 망견忘見의 뿌리까지 뽑아내야 하지요."

"그리하면 어찌 됩니까?"

"허공과 같은 마음밭에 꽃이 핍니다."

"대덕이시여, 꽃이 피면 향기를 맡겠구려."

지장은 칙사가 자신의 말뜻을 겨우 이해하게 된 것 같자 비로소 불법을 얘기했다.

"소승은 지금 차꽃 향기를 맡고 있소이다."

"차꽃 향기는 저도 맡고 있습니다."

"그렇다면 소승은 더 말할 것이 없소이다. 불법은 이미 다 드러나 있소이다."

불법이란 차꽃 향기와 같이 숨지 않고 온전히 드러나 있다는 지장의 말에 칙사는 더 묻지 못하고 침묵했다.

칙사가 구화산을 떠난 뒤, 지장성지로서 황제의 금인을 간직한 구화산은 산서성의 오대산, 사천성의 아미산, 절강성의 보타산에 이어 중국 땅의 4대 불교 명산으로 단번에 유명해져 버렸다. 천하를 다스리는 황제와 시선 이백이 지장을 지장보살이라 흠모하고 찬양함으로써 구화산은 지장신앙의 성지가 돼 버린 것이다.

2

　지장의 이름은 당나라는 물론 신라에까지 퍼져 나갔다. 신라에서 견당사를 따라 들어온 구법승들도 지장을 친견하기 위해 구화산에 들렀다. 구화산에 입산한 신라 구법승 중에는 자신의 과거를 일절 밝히기를 거부하는 정장淨藏이란 수행승이 있었다. 정장은 구화산의 쌍봉 밑에 쌍봉암을 짓고 오직 지장의 가르침을 받을 뿐이었다.

　지장을 찾으려 했던 신라 왕실에서는 지장의 속가 외삼촌인 소우와 소보를 파견하기도 했다. 그들 역시 견당사 일행으로 왔다가 사신들과는 양주에서 헤어져 구화산으로 들어온 것이었다.

　이때는 견당사의 배가 당은포에서 발해만으로 항해하지 않고 회진에서 바로 양주로 오는 서남해의 뱃길을 이용하던 무렵이었다. 소우와 소보도 경덕왕의 특사 자격으로 서남해의 뱃길을 따라 구화산으로 들어왔다.

　소우와 소보는 구자촌의 절에 머무르면서 지장을 설득했다.

　"누님께서 스님을 한 번만이라도 만나야만 죽어도 원이 없겠다고 합니다. 그러니 신라로 돌아가십시다."

　지장은 어머니에 대한 그리움이 솟구쳐 눈을 지그시 감았다. 살아온 지난 세월을 떠올려 보니 젊은 날 출궁당한 이후 선대의 왕으로부터 사가와 종자 서너 명을 받은 어머니의 모습이 불현듯 그려졌다. 지금쯤 머리는 백발이 되어 있을 터이고 허리는 구부러진 노송처럼 휘어져 있을 것이었다.

"외삼촌, 저는 혈연의 울타리를 뛰어넘은 수행자입니다. 이곳의 중생을 제도하고자 구화산에 머무르고 있는 것입니다. 이곳과의 인연이 다하면 그때 신라로 돌아가리다. 그러니 그리 전해 주십시오."

"무슨 인연이 남아 있다는 것입니까? 대왕마마께서도 스님께서 돌아오시어 법문해 주시기를 간절히 기다리고 있습니다. 지금 우리 신국神國은 어느 때보다 불법이 융성하여 타오르는 향이 그치지 않고 있습니다. 왕도 서라벌에는 절이 반을 차지할 정도로 한 집 건너 절이 들어서 있습니다. 지난해에는 성덕왕의 위업을 기리기 위해 신종神鐘을 만들어 봉덕사에 걸기도 했습니다."

지장은 신라의 소식을 환히 알고 있었다. 구화산에 들어와 정진하고 있는 정장으로부터 때때로 고국의 소식을 들었던 것이다. 그중에서도 경덕왕의 근족이자 진골 왕족인 김대문이 신라가 불국토라는 사실을 만방에 선언하듯 불국사를 창건한 일은 지장의 마음을 흐뭇하게 했다. 신라도 이제 왕실 안의 권력 투쟁이 사라지고 모든 이들이 부처의 진리를 등불 삼고 의지해 사는 불국의 세상이 도래했다는 상징이 아닐 수 없었다.

"신라의 모든 이들이 나를 기다리고 있다는 것을 잘 알고 있습니다. 그러나 세상의 일에는 시절인연이 있는 법입니다. 때가 되면 내가 고국을 찾아가는 것이 아니라 고국의 사람들이 나를 부르러 올 것입니다."

소우는 다시 간청했다.

"지금 이때야말로 대왕마마를 비롯해서 스님의 어머니, 그리고 우리 신국 사람들이 부르고 있지 않습니까?"

"지금은 나를 찾고 있을 뿐입니다. 그러나 언젠가 나를 부를 때가 반드시 도래할 것입니다."

옆에서 소우와 소보의 간청을 듣고 있던 젊은 수행승 정장은 자리에서 일어나 쌍봉암으로 나서며 지장이 소우에게 했던 말을 중얼거렸다.

―고국의 사람들이 나를 부르러 올 것이다. 지금은 나를 찾고 있을 뿐이다.

어느 날 지장은 소우와 소보를 불러 차를 권하며 말했다.

"외삼촌, 인생이 무엇입니까?"

갑자기 던지는 질문에 소우와 소보는 당황했다. 그러다가 소우가 대답했다.

"부귀영화를 찾다가 숨을 거두는 것 아닙니까?"

"부귀영화는 왜 찾습니까? 저는 부귀영화를 버리고도 이렇게 잘살고 있습니다."

"그거야 스님들에게나 해당되는 말이지요. 우리 같은 속인에게는 부귀영화가 있어야 잘사는 것이 아닙니까?"

"중생의 욕심은 끝이 없습니다. 중생은 가지려고만 하니 끝없이 불행해지는 것이고, 부처는 버림으로 해서 영원한 행복을 누리는 것입니다. 불법은 버림으로 해서 행복을 얻는다는 진리입니다."

소우와 소보로서는 이해할 수 없는 말이었다. 어찌 버림으로 해서 행복을 얻는다는 것인지 도무지 알 수 없었다.

"지금은 이해할 수 없을 것입니다. 그러나 저를 보십시오. 아무것도 가지지 못했으면서도 저는 불행하지 않습니다. 가사 한 벌, 발우 한 벌이면 세상을 사는 데 족합니다. 몸에 걸치는 옷이 왜 두 벌이어야 합니까? 공양하는 데 왜 두 벌의 발우가 필요합니까? 그것은 군더더기에 불과합니다. 마음이 가난해도 남을 위해 살 수 있고 도울 수 있는 것이 바로 불법입니다."

"스님, 정말 욕심을 버리고 살 수 있는 것입니까?"

"부처와 중생의 차이는 그것뿐입니다. 욕심을 버리고서도 만족하는 사람이 부처입니다. 중생은 부처의 씨앗을 품고 있으면서도 욕심을 버리지 못하니 중생일 뿐입니다."

소우는 지장의 말에 문득 발심하여 어금니를 물었다. 그러나 소보는 한 귀로 듣고 한 귀로 흘렸다. 소우가 말했다.

"스님, 출가하겠습니다. 신라로 돌아가지 않겠습니다."

옆에서 듣고 있던 소보가 큰소리로 말렸다.

"형님, 대왕마마의 분부를 잊으셨습니까? 불쌍한 누님의 눈물을 잊으셨습니까?"

"나는 구화산에 남아 불문에 들 터이니 너는 신라로 돌아가거라."

실망한 소보는 다음날 바로 구화산을 떠나 버렸다. 소보는 양주로 내려가 신라 회진으로 가는 녹자 그릇을 실은 장삿배를 얻어 타고 바로 돌아가 버렸다. 그러나 소보는 서라벌에서 겨울을 나고 다시 구화산으로 오지 않을 수 없었다.

경덕왕이 소보를 왕실로 불러 지장을 국사로 모셔오라는 명을 간곡하게 내렸고, 지장의 속가 어머니가 죽기 전에 한번 보고 싶다고 애원했기 때문이었다. 지장에 대한 경덕왕의 흠모는 당의 황제인 숙종보다 더욱 간절했다.

당의 숙종이 지장에게 하사한 지장이성금인은 신라 왕실에서도 대단한 화젯거리였다. 지금까지 신라 출신의 어떤 구법승도 금인을 받은 예가 없었기 때문이다. 그러니 지장을 국사로 모시고자 하는 소망은 대궁의 왕에서부터 무지렁이 백성에 이르기까지 거국적일 수밖에 없었다.

소보가 지장의 속가 어머니와 함께 구화산을 다시 찾은 때는 봄꽃이 막 다투어 피어날 무렵이었다. 경덕왕은 소보에게 구화산 절에 시주할 차와 사금을 내렸고, 건장한 두 명의 왕실 시종을 붙여 호위와 길잡이를 하도록 명했다.

노파는 건강이 악화되어 구화산 입구인 북대문촌에 도착하자마자 기진맥진 쓰러져 버렸다. 지장을 만나려면 북대문촌에서 다시 구름이 걸려 있는 재 하나를 넘어야만 되는데 구화산 초입에서 쓰러져 버린 것이다. 뱃길과 육로를 쉬지 않고 왔던 탓도 있지만 풍토병에 걸려 며칠 동안 심한 배앓이를 한 때문이었다. 그러나 노파는 숨을 그렁그렁 쉬면서도 지장을 만나겠다는 일념은 놓지 않았다. 지장을 한번 보고 눈을 감겠다는 생각으로 노파는 쓰러졌다가도 정신을 차려 일어나곤 했다. 소보의 발소리만 듣고도 노파는 상체를 가까스로 일으키곤 했다.

"누님, 스님께서 곧 오실 것입니다. 절에 올라가 누님이 오셨다는 얘기를 스님의 제자 도명에게 했습니다. 그러니 걱정 말고 편히 누워 쉬십시오."

"지장 스님을 직접 만나지 못했다는 말이냐?"

"스님은 고배경대로 올라가 좌선 중이라고 합니다."

"언제쯤 내려온다는 말이야?"

"사흘 후에 내려온다고 하니 제발 마음 놓으세요."

지장이라는 말만 듣고도 노파는 눈물을 흘렸다. 지장은 소보의 말처럼 바로 재를 넘어 북대문촌으로 오지 못했다. 구화산 관음봉 위의 고배경대古拜經臺로 올라가 선정 삼매에 들어 있었던 것이다.

노파는 지장을 만날 생각으로 기운을 냈다. 시종들이 대나무로 가마를 만들어 노파를 태우고 재를 넘었다. 그러나 노파는 절 앞 우물 앞에서 또 쓰러지고 말았다. 노파는 산발한 채 눈물만 흘렸다. 사흘 낮 사흘 밤 동안 눈물을 흘리니 눈꺼풀이 짓물렀다. 노파의 두 눈은 앞이 보이지 않을 만큼 퉁퉁 부었다.

"누님, 스님이 오셨습니다."

"뭐라고?"

노파는 눈이 너무 부어올라 앞이 보이지 않았다. 밝은 봄볕 속에서 희미한 물체가 어른거릴 뿐이었다.

"어머님, 지장입니다."

"지, 지장이라고?"

노파는 손을 뻗어 지장을 잡으려고 허우적거렸다. 지장은 다가가 뼈만 남은 노파의 두 손을 잡아 주었다. 지장은 잠시 침묵했다. 소비小妃로서 젊은 날의 아름다웠던 어머니 모습은 온데간데없었다. 눈앞에서 눈물을 흘리는 어머니는 세월에 찌들대로 찌든 백발의 노파일 뿐이었다.

―제행무상이로구나. 제행무상이로구나. 나무아미타불.

지장은 이 세상에 변하지 않는 것은 하나도 없다는, 일찍이 부처가 깨달은 제행무상諸行無常의 진리를 절감했다.

―젊은 날 왕궁에서 출궁당한 이후 왕족들을 얼마나 원망했을꼬. 하지만 부처는 원망은 또 다른 원망을 낳는다 했지 않은가. 무엇으로 어머니를 위로하고 제도할꼬. 전생의 허물이 많아 금생에 과보를 받은 것이라고 무슨 방편으로 말해 줄꼬. 아, 뿌린 대로 거둔다는 인과법을 모르는 중생의 마음에는 원망만 쌓이는구나.

지장은 눈을 뜨고도 자신을 보지 못하는 어머니를 업고 절로 돌아왔다. 자신의 방에 어머니를 누이고 도명더러 막 길은 우물물을 떠오게 했다. 도명이 사발에 물을 떠와 물었다.

"스님, 이제 어찌할까요?"

"너는 새벽에 일어나 우물로 나가 첫 물을 떠오너라. 내가 어머니의 눈을 씻어 드리겠다."

지장은 어머니의 눈을 물로 씻었다. 찬 우물물이 눈꺼풀에 닿자 노파는 진저리를 쳤다.

"얼음 같구나. 어찌 이리 차가운 것이냐?"

"어머니, 조금만 참으시면 부은 눈이 가라앉을 것입니다."

도명이 보다 못해 지장에게 말했다.

"스님, 물을 다관에 데울까요?"

"나의 기도가 영험이 있다면 이 물이 약으로 변해 뜨거워질 것이니 그리할 필요가 없다."

하루가 지나고 둘째 날이 되자 노파는 눈을 껌뻑거리기 시작했다. 그러더니 두 눈에 우물물이 닿자 소리쳤다.

"어찌 이리 뜨거운 것이냐?"

"어머니, 이제 됐습니다. 곧 눈을 뜨게 될 것입니다."

도명은 이상하여 지장 몰래 손가락을 사발의 물속에 슬쩍 넣어 보았다. 그러나 우물물은 얼음처럼 차가울 뿐이었다.

또다시 지장이 우물물을 노파의 두 눈에 묻히자 노파는 지장을 크게 부르며 두 눈을 떴다.

"지장 스님."

"어머니."

문밖에서 지켜보고 있던 소우와 소보는 크게 소리 내어 통곡했다. 비로소 수십 년 만에 모자의 상봉이 이루어진 것이었다. 소보는 늙은 누님이 눈뜨는 것을 보고는 문득 자신도 심안心眼이 열리는 것을 느꼈다.

─누님의 눈을 뜨게 하고 나의 심안을 열리게 한 저 우물물을 나는 명안천明眼泉이라 부르리라.

열린 심안으로 지장을 바라보자, 지장은 이미 소보 자신의 조카가 아니었다. 어머니를 안고 있는 지장의 모습은 가련한 중생을 보살피고 있는 거룩한 보살의 모습 그대로였다. 소보도 형님인 소우에 이어 지장에게 귀의했다.

"스님, 출가를 받아 주십시오."

"그럴 줄 알았습니다. 외삼촌마저 출가하면 누가 어머니를 모시고 신라로 되돌아갑니까?"

"모시고 살면 되지 않습니까?"

"그건 아니 됩니다. 부처님도 자신을 키워준 양모를 모시지 않았습니다. 속가의 사사로운 인연을 경계하기 위함이었습니다."

지장은 어머니가 옆에 있는데도 냉정하게 말했다. 그러나 지장의 어머니는 지장을 한번 만난 것으로 평생의 한을 풀었다고 생각하는지 아무 말도 않고 있었다.

"그렇다면 시종이 누님을 모시고 갈 수밖에 없습니다."

"그리 하도록 하십시오."

지장은 구름자락이 휘감은 고배경대로 올라가 다시 안거에 들었다. 그러나 이번에는 참선에 들지 않고 어머니를 위해 기도했다. 어머니가 타고 가는 배가 무사하기를 빌었다. 풍랑이 일지 않기를 기도했다. 노파는 양주를 떠나 회진에 닿았으나 시종을 따라 서라벌로 돌아가지 않았다.

회진 사람들에게 물어물어 가까운 절로 찾아 들어갔다. 그러고는 봄을 겨우 나고 나서 곱게 숨을 거두었다. 지장이 고배경대에서

보살과 중생

기도하는 대로 가슴에 품었던 원망을 남김없이 버리고 따뜻한 햇볕을 쬐듯 이끼 낀 돌담에 기댄 채 조용히 생을 마쳤다.

그러나 그 절의 젊은 스님은 노파가 졸고 있는 줄 알고 그냥 지나쳤다. 미소를 짓는 듯한 노파의 얼굴이 해맑고 편안하게 보였기 때문이었다.

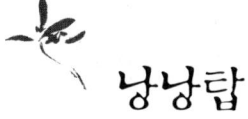

낭낭탑

장암長岩이 지주池州의 지방관으로 부임하였다. 장 태수太守는 지장의 명성을 장안에 있을 때부터 이미 들어 알고 있었으므로 부임하자마자 지장을 스승으로 섬겼다. 장 태수의 시주로 절에는 부족한 것이 없을 정도였다. 당 덕종 때는 장암이 상주서를 올려 화성사란 사액을 받게 하고 누각을 장엄하게 개축하였다.

숙종이 칙사를 시켜 내려보낸 지장이성금인이 있고, 덕종의 친필 편액이 내어걸린 화성사는 구화산의 본찰로 수많은 절과 암자를 거느렸다. 지장은 구화산의 보살로서 어느새 민초들의 고향생불故鄕生佛이 되었다. 제자 승유, 유탕, 정장, 도명, 민양화 등도 지장의 가풍을 이어받아 구화산 전체를 연화불국으로 만들었다.

그러나 빛이 있으면 그림자도 생기는 법이었다. 그것이 바로 이 것이 있으므로 저것이 생긴다는 불가의 인연법이었다. 절에 시주 물이 넘쳐나자 절의 청정함이 알게 모르게 흐려지기 시작했다. 불도佛道는 어느 시대이건 간에 가난해야 생기는 것이지 부유해지면 사라지고 숨는 법이었다. 지장의 제자들 간에도 세간의 다툼처럼 알력이 생기고 시비가 일었다.

시비의 발단은 소우와 소보가 출가해서도 계속 계율을 어기고 있기 때문에 시작됐다. 수행자들의 울력으로 차를 심고 많은 논밭을 일군 구자촌은 명승지 산촌으로 부유해졌고, 그래서 젊은 사람들이 모여들고 자연스레 술과 고기가 넘쳐났다. 소우와 소보는 술과 고기를 잊지 못해 밤이면 몰래 절에서 나가 취해서 돌아오곤 했다.

승유는 소우와 소보를 당장 절에서 쫓아내라고 선동했다. 그러나 소우와 소보가 지장의 외삼촌이었으므로 지장의 다른 제자들은 승유의 말에 선뜻 따르지 못했다. 지장의 큰 상좌인 승유더러 경책을 먼저 한 뒤 기다려 보자는 것이 대세였다.

성미가 급한 승유는 정장을 다그쳤다.

"신라에서 온 그대가 소우와 소보에게 주의를 주시오. 지장노사를 욕되게 할 바에는 차라리 신라로 떠나라고 말이오."

"출가 전의 습習이 되살아나 그럴 것입니다. 왕족이었으니 얼마나 술과 고기를 먹었겠습니까? 그러니 사형께서 경책을 먼저 하시고 그래도 파계를 계속할 때는 노사님께 참회토록 하는 것이 어떻겠습니까?"

"어쩌다 실수로 그랬다면 나도 이해하겠소만, 밤마다 술을 마시고 돌아온다 하니 그렇습니다. 더 기다리기에는 너무 늦었소."

정장은 안타까웠다. 더욱이 신라 출신의 소우와 소보가 경계의 대상이 되어 있기 때문이었다. 정장과 승유는 묘한 긴장을 유지하고 있었다. 지장의 법은 마땅히 큰 상좌인 승유에게 넘어가야 하지만 지장은 정장의 수행을 더 높이 쳐주고 있었다. 승유는 염불 수행을 하였고 정장은 참선 수행을 위주로 하였는데, 지장은 정장에게 더 관심을 보였다. 그러고 보면 지장은 선사에 가까운 수행자임에 틀림없었다.

때마침 지장은 마당을 거닐다 그들이 하는 소리를 듣게 되었다. 지장은 이미 소우와 소보의 몸에서 무언가 썩어 가는 냄새를 맡고는 있었으나 구체적으로 얘기를 듣기는 처음이었다.

지장은 방으로 돌아와 시자 도명을 불렀다.

"소우와 소보의 소문을 들었느냐?"

"네."

도명은 굳이 숨기지 않았다. 오히려 스승의 생각이 어떤 것인지 자세히 알고 싶었다. 일부 제자들 사이에 지장이 소우와 소보에게

관대한 이유는 같은 신라인이기 때문이라는 소문이 나돌고 있었다.

"파계하고 있다는 것이 사실이더냐?"

"그렇습니다. 소우와 소보는 밤마다 마을로 나가 술을 마시고 새벽이면 담을 넘어 돌아오고 있습니다."

"네가 보았느냐?"

"직접 보지는 못했지만 몇 번이나 들었습니다. 그들이 돌아오는 시간은 새벽 예불 바로 전이라고 합니다."

"음, 오늘 밤 소우와 소보가 절을 나갈 때 직접 확인하고 나에게 알려 주겠느냐?"

지장은 도명에게 지시하고는 생각에 잠겼다. 도명은 비로소 지장의 심중을 알 수 있게 되었다고 은근히 기대했다. 지장은 소우와 소보를 어떻게 참회시킬 것인가를 궁리하고 있었다.

저녁 예불이 끝나고 나자 바로 도명이 달려왔다.

"스님, 소우와 소보가 담을 넘어가는 것을 보았습니다."

"알았다."

지장은 눈을 감은 채 어떻게 경책할 것인지를 깊이 생각했다. 소우와 소보는 자존심이 강하고 성격이 억세므로 잘 제도해야 했다. 지장은 소우와 소보가 서라벌에서 시장을 관리하며 상인들을 괴롭혔던 일도 기억하고 있었다. 낭낭에게도 그때 횡포를 부렸던 것이다. 그들을 화성사에서 쫓는다는 것은 제도하는 것이 아니라 구렁텅이로 빠뜨리는 일이었다. 소우와 소보의 성격으로 보아 그들은 순진한 산촌 사람들을 괴롭히며 살지도 모를 일이었다.

그들의 근기에 적당한 일이 있기는 했다. 화성사를 관리하고 지키는 신장의 역할을 주는 것이 그들의 근기에 맞는 일일 수도 있었다. 수행자가 되게 하여 제도하기에는 그들에게 악업의 업장이 너무 두터웠다. 그렇다 하더라도 지장은 그들을 외면할 수 없었다. 악업의 업장이 두텁다 하더라도 그들도 선업을 쌓으면 성인聖人이 될 수 있는 불성을 가진 중생이기 때문이었다.

새벽이 되었다.

지장은 소우와 소보가 넘어온다는 담 밑으로 나갔다. 과연 새벽 예불을 알리는 도량석道場釋이 시작되려고 하자, 담 너머에서 발소리가 들려왔다. 지장은 담 밑으로 가서 엎드렸다. 담을 먼저 넘어오던 소보가 술냄새를 풍기며 말했다.

"형님, 이쪽으로 넘어오시오. 마침 받침대가 있어 뛰어내리지 않아도 되겠소."

"알았다."

그러나 술에 덜 취한 소우는 발을 딛자마자 그것이 사람의 등임을 알았다. 담을 넘어온 소우는 엎드려 있는 사람이 지장임을 알아채고는 무릎을 꿇었다.

"스님, 용서하십시오."

"외삼촌, 예불이 끝나면 제 방으로 오십시오."

어두컴컴한 저편에서 지켜보고 있던 도명은 이해할 수 없었다. 불벼락이 떨어질 줄 알았는데 오히려 그들이 넘어오기 좋게 등을 구부려 주었던 것이다. 도명은 화가 머리끝까지 치밀었다.

─아, 역시 같은 신라인이라 감싸 주는구나. 지금까지 나는 지장노사에게 속았다. 지장노사는 절대로 나에게 법을 넘겨 주지 않을 위인이다. 법은 신라인 정장에게 넘어가고 말 것이다. 나는 지금 헛수행하고 있는 것이다.

젊은 도명은 분을 삭이지 못하고 씩씩거렸다. 도명은 아침 정진을 하지 않고 지장의 방으로 갔다.

"스님, 저는 일찍이 스님의 은혜로 목숨을 구한 바 있습니다. 스님이 아니었더라면 호랑이에게 잡혀 죽었을 것입니다. 그러나 그것보다 스님께서는 더한 은혜를 저에게 베푸셨습니다. 불법을 알게 하여 거듭 태어나게 해 주신 것입니다."

도명이 무엇 때문에 흥분하는지 지장은 알고 있었다.

"산란한 마음은 흙탕물 같은 것, 먼저 네 마음을 가라앉게 하라. 흙이 가라앉으면 맑은 물이 드러나듯 본래의 마음으로 돌아갈 것이니라."

"스님께서 소우와 소보의 파계를 보고서도 왜 꾸짖지 않으시는

지 이해할 수 없습니다. 그들 때문에 저뿐만 아니라 화성사 모든 수행자들이 불편해하고 있습니다."

"너희들이 틀렸다. 골똘히 정진하는 수행자에게는 남을 비난할 만큼 시간이 한가하지 않느니라. 이렇게 시비할 시간이 있거든 어서 가 정진하라."

"신라인이라고 감싸는 것은 아닙니까?"

"도명은 지금까지 헛공부 했구나. 일불제자一佛弟子란 말이 무엇인 줄 모르고 가사를 입고 있었더냐. 스승인 나의 덕이 부족할 뿐이다."

지장은 혀를 차며 경책했다.

"일불제자, 우리는 모두 부처님의 한 제자라는 말이다. 쯧쯧. 시비하는 것을 보니 너도 출가 전의 습習을 아직도 버리지 못하고 있구나. 부처님 밑의 한 제자일 뿐인데 태어난 고향, 태어난 나라가 무에 그리 중요한 것이냐. 소우와 소보만을 탓할 일이 아니로다."

도명이 할 말을 더 못하고 있는데 소우와 소보가 들어왔다. 그들은 방에 들어서자마자 오체투지로 엎드려 참회를 했다.

"스님, 수행자임을 망각하고 파계를 했습니다. 절을 떠나라면 떠나겠습니다."

"외삼촌, 업장이 두터워서 그렇습니다. 절을 아주 떠나더라도 먼저 업장을 씻어야 합니다."

"술과 고기를 끊을 수 없으니 무슨 까닭입니까?"

"수행자는 술을 마시면 망하고 차를 마시면 흥한다고 했습니다. 수행자에게 차는 수행의 방편입니다. 내가 구화산에 차나무를 심은 뜻을 아직도 모르시겠습니까?"

지장은 잠시 달마의 얘기를 했다. 천하의 사람들은 달마가 아무 장애 없이 소림굴에서 9년 면벽 수행을 한 줄 알지만 사실은 그게 아니라는 것이었다. 달마도 면벽참선 중에 졸음을 견디기 힘들어 어느 날 밤인가는 졸음을 물리치려고 자신의 눈썹을 뽑아 문밖으로 던졌는데, 다음날 아침에 그것이 차나무로 변해 있더라는 것이었다(達磨拔眉棄門外 明朝成茶林也).

"이번에는 도명이 말해 보거라. 이후 2조 혜가 스님도 그 차나무의 찻잎을 따 마시며 수행했다는 이야기가 소림굴에 전해지고 있다. 그것은 무엇을 말하는 것이겠느냐?"

"차는 수행입니다."

"그렇다. 수행자에게 있어 차는 수행일 뿐이지 그 밖의 것은 군더더기다."

"노사님의 말씀을 이제야 알겠습니다."

"차를 마시는 것도 삼매에 드는 것이요, 참선을 하는 것도 삼매에 드는 것이니라. 삼매란 잠겨 있는 것이 아니라 깨어 있는 것이니라. 한 곳으로 몰입하는 것이 아니라 두루 살펴보는 성찰을 삼매라 하느니라. 이러니 차를 마시는 것도 삼매에 들 수 있는 방편이 아니겠느냐."

"스님, 이제야 차를 알겠습니다."

도명은 지장 앞에서 큰절을 세 번 하고 물러갔다. 지장은 다시 소우와 소보에게 말했다.

"외삼촌, 파계를 했으니 잠시 산문 밖에 계십시오. 구화산 재를 넘어 북대문촌으로 가십시오. 참회한다고 해서 업장이 하루아침에 씻어지지는 않습니다. 북대문촌에서 선업을 쌓으십시오. 그리하다 보면 길이 보일 것입니다."

"스님, 어떻게 선업을 쌓으라는 말입니까?"

"북대문촌이 비록 구화산의 초입이라고는 하지만 재를 넘어오는 사람들이 불안해합니다. 맹수들이 나타나 사람들을 해치곤 합니다. 외삼촌이 북대문촌에 살면서 사람들의 길잡이가 되어 주십시오. 공덕을 쌓는 방편이 될 것입니다."

소우와 소보는 바랑을 메고 바로 북대문으로 넘어갔다. 그날부터 그들은 화성사로 오는 신도들을 위해 길잡이가 되었다. 소우와 소보가 출가자로서 그런 궂은일을 하게 되자, 구화산 수행자들 사이에 설왕설래하던 시비도 단번에 끊어졌다.

낭낭이 구화산을 찾은 것은 소우와 소보가 북대문촌에서 화성사 길잡이 노릇을 하고 있을 무렵이었다. 낭낭은 소우 형제가 구화산에 있으리라고는 상상조차 못했다. 역시 삭발한 소우 형제도 마찬가지였다. 낭낭이 구화산을 찾으리라고는 꿈에도 생각지 못했다. 그들은 서로 놀랐다. 낭낭이나 소우는 단번에 서로를 알아보았다. 소우가 놀라 말했다.

"낭낭이 아닌가?"

"나으리, 낭낭이옵니다."

"이보시오, 낭낭. 이제 난 나으리가 아니라 스님이오. 보시다시피 삭발하지 않았소?"

"그, 그렇사옵니까?"

낭낭은 출가자가 무슨 까닭으로 북대문촌에 머물고 있는지 궁금했지만 더 묻지는 못했다. 소우와 소보는 북대문촌 어귀의 민가에서 살고 있었다.

"낭낭은 무슨 일로 구화산을 찾아왔소?"

"지장 스님을 뵈러 왔습니다."

"스님이 여기에 계시다는 것은 어찌 알았소?"

"지장 스님이 구화산에 계시다는 소문은 서라벌에 파다합니다. 모르면 신라 사람이 아니지요."

"그럴 것입니다. 이곳에서도 스님께서는 백성과 현령이나 자사는 물론이고 황제의 귀의를 받고 있습니다."

낭낭은 마음속으로 합장했다.

―아, 스님께서 드디어 보살이 되셨구나. 젊은 시절에 강사, 법사, 율사, 선사를 넘어 보살이 되시겠다고 나에게 말씀하시지 않았던가. 스님께서 마침내 성인이 되셨구나.

화성사로 가는 사람들이 모이자, 소보가 소리쳤다.

"무거운 짐은 나귀 등에 얹으시오. 이제 곧 화성사로 떠납니다. 어서 짐을 가져오시오."

나귀는 두 마리였고 머리와 목에 방울을 주렁주렁 매달고 있었다. 소우와 소보는 뒷발질하는 나귀의 재갈을 잡고 있었다.

뎅그렁 딸랑 뎅그렁 딸랑.

나귀는 방울 소리를 내면서 느릿느릿 산길을 걷기 시작했다. 사람들도 나귀 뒤를 따라나섰다. 소우는 낭낭이 여전히 모란꽃처럼 아름답다고 느꼈다. 나이 들어 살갗이 거칠어지긴 했지만 젊은 시절의 미모를 아직도 간직하고 있었다.

"뱃길이 험하지는 않았소?"

"운 좋게 장사하는 사촌 오라버니에게 부탁하여 장삿배를 타고 올 수 있었습니다. 그런데 소우님은 왜 출가했다면서 이런 일을 하고 있습니까?"

"얘기하자면 길어집니다. 모두 내가 지은 업보지요."

"업보라니요?"

"업보가 아니면 무엇이겠소. 지난날 낭낭을 괴롭힌 일도 잊히지 않는구려. 용서하시구려. 악업이 씻길 때까지 이런 일을 계속하려고 하오."

낭낭이 볼 때 소우의 악업은 이미 씻긴 것 같았다. 예전의 험상궂은 얼굴이 아니었다. 소우의 얼굴에는 잔잔한 미소가 배어 있었다. 마음씨 좋은 촌부처럼 변해 있었다. 잿마루에서 소보가 일행에게 소리쳤다.

"나귀가 힘들어 하니 쉬었다 갑시다."

나귀가 침을 흘리고 더운 콧김을 내뿜으며 거친 숨소리를 뱉어 냈다. 소우는 나귀에게 먹이를 주며 그늘에서 쉬게 했다. 소우와 소보의 몰골은 수행승이 아니라 영락없는 마바리꾼과 다름없었다. 낭낭은 측은한 마음이 들어 싸 가지고 온 음식을 소우에게 내밀었다. 그러나 소우는 웃으며 거절했다. 일행 중에서 누군가가 술을 권하자 깜짝 놀라기까지 했다.

나귀가 힘을 내어 발굽으로 땅을 헤치자, 일행은 다시 재를 넘어갔다. 재를 넘자마자 멀리 화성사가 보였다. 낭낭은 가슴이 뛰었다. 지장을 다시 만나게 된다니 손에 땀이 나기까지 했다. 세월이 흘렀건만 낭낭은 소녀 시절로 되돌아갔다. 내리막길로 들어 나귀의 방울 소리가 더욱 잦아지자 몸이 허방으로 빨려 들어가는 것처럼 불안했다.

낭낭은 걸음을 늦추면서 멈칫거렸다. 자신에게 아직도 지장을 사랑하는가 하고 물어보았다. 낭낭은 고개를 저었다. 이제 사랑한다는 말은 어딘지 어색했다. 자신의 마음속에 젊은 시절의 그런 열정은 식어 버리고 없었다.

그렇다면 무엇 때문에 지금 화성사로 가고 있는지 낭낭은 스스로 궁금했다. 선뜻 그에 합당한 답이 나오지 않았다. 그래서 낭낭은 지장을 존경하는 마음으로 가고 있다고 생각했다. 그러자 지장이 갑자기 멀어졌다. 가까이 다가갈 수 없는 보살로 느껴졌다. 그러나 낭낭은 중얼거렸다.

―나는 지금 큰스님을 뵈러 가고 있는 것이다. 나는 지장이 큰스님이 되기를 기도하지 않았던가. 큰스님을 내 눈으로 직접 확인하게 된다면 그것으로 나의 꿈은 이루어진 것이다. 나의 삶은 그것으로 족한 것이다. 나는 지금 지장보살을 친견하러 가는 것이지 그이상도 그 이하도 아니다.

나귀들이 진저리치는 소리를 냈다. 재를 넘어왔으니 힘들어 할 만도 했다. 나귀들의 등은 땀으로 축축하게 젖어 있었다. 일행은 명안천으로 다가가 목을 축였다. 그리고는 언월지 가에서 상인들이 파는 물고기를 사서 방생을 했다. 낭낭도 물고기 두어 마리를 사서 언월지에 풀어 주었다. 물고기는 수심이 깊은 곳으로 유유히 사라져 버렸다.

소우가 지장에게 보고했는지 시자 도명이 나타나 일주문에서 서성거리고 있는 낭낭에게 말을 건넸다.

"신라에서 오셨습니까?"

"네."

"그럼, 소승을 따라오십시오."

낭낭은 도명을 따라 법당 뒤 차밭으로 갔다. 지장은 차밭에서 호미질을 하고 있었다. 낭낭은 지장의 모습을 보고는 실망했다. 큰 스님이 된 지장이 법상에 앉아 찾아온 신도들에게 지장이성금인을 찍어 주며 법문을 하고 있는 줄 알았는데 그게 아니었던 것이다. 지장의 모습은 시자인 도명보다도 남루했다. 갑자기 낭낭은 눈물이 났다.

"스님."

"낭낭이구려."

"스님이 지장 스님이란 말입니까?"

금빛으로 번쩍이는 금란가사를 입고 신도들을 향해 사자후를 토하는 서라벌 고승의 모습만 보아왔던 낭낭은 지장의 남루한 모습을 보자 슬펐다. 낭낭은 슬픔으로 가슴이 미어지는 듯하여 그대로 쓰러져 버렸다. 낭낭은 쓰러져 한동안 흐느꼈다. 지장이 자신의 손을 잡아 일으켰을 때에야 눈물을 멈추었다.

"낭낭은 나에게 무엇을 찾고자 하는 것이오?"

"저는 평생 스님께서 도를 닦아 큰스님이 되기를 기다렸습니다."

"하하하."

지장이 파안대소를 하였다. 그러더니 짓궂은 얼굴로 말했다.

"호미질 하는 이 늙은 중을 보고 실망했다는 말이군요. 그동안 나를 위해 헛기도를 했으니 안됐구려."

도명도 웃음이 나오는 듯 뒷걸음질치며 손으로 입을 가렸다.

"도명아, 먼 데서 손님이 오셨으니 찻물을 끓여 놓아라."

절로 돌아오자 화성사를 찾아온 신도들이 일제히 지장을 향해 땅바닥에 엎드려 삼배를 했다. 모두 다 지장이성금인을 받으러 온 신도들이었다. 지장이성금인을 받아 지니면 지장보살의 가피를 받아 살아서는 재앙을 만나지 않고 죽어서는 극락왕생한다는 믿음 때문이었다.

지장이성금인을 찍은 종이는 승유가 한 사람씩 줄을 서게 하여 나누어 주었다. 금인이 찍힌 종이를 받은 신도들은 바로 재를 넘어 가거나 화성사에 머물며 지장의 법문을 들었다. 지장은 돌아가는 신도들을 위해 절문 밖까지 나가 배웅했다. 그냥 합장만 하고 돌아서는 것이 아니라 땅바닥에 엎드려 절을 했다.

낭낭은 서라벌에서 보지 못한 모습이어서 당황했다. 서라벌에서는 고승이 문밖까지 나와 오체투지로 배웅하는 것을 단 한번도 보지 못했던 것이다. 며칠 뒤에야 낭낭은 차를 마시며 지장에게 물었다.

"스님, 신도들에게 오체투지하는 것이 이곳의 법도입니까?"

"아니오. 나는 칙사가 오면 일하는 밭에서, 자사가 오면 방안에서, 현령이 오면 방 밖에서, 신도가 오면 절문 밖에 엎드려서 맞이한다오."

"세속의 사람들과 반대로 행동하시는군요."

"불도를 믿는 수행자는 당연히 그래야지요. 중생이 바로 부처가 아니겠소."

"제자들도 많은데 왜 밭에서 호미질을 하는 것인지요?"

"손발을 놀리는 자는 보살이 아니오. 나는 일찍이 그대가 준 신발을 지금도 간직하고 있소. 나의 제자들은 지장혜(地藏鞋)라 부르고 있소. 지장혜는 나에게 중생을 위해 손발을 놀리지 말라는 화두가 되었소."

지장이 지장혜를 내보이자 그제야 낭낭은 놀란 가슴을 쓸었다. 지장은 신라 어느 절에서도 볼 수 없는 틀림없는 보살이 되어 있는 것이었다. 낭낭은 차를 마저 마시며 자신의 기도가 헛되지 않았음을 느꼈다. 낭낭은 일어나 지장 앞에서 삼배를 올렸다.

"스님, 이제야 저의 서원이 이루어졌음을 깨닫습니다. 절 받으십시오."

낭낭은 법열의 눈물을 흘렸다. 눈물을 쏟고 나자 마음이 통쾌했다. 업장이 녹아내린 듯 청정한 기운이 온몸을 감쌌다.

"스님, 온몸이 청정해진 것 같아 견딜 수 없습니다."

"낭낭의 기도가 이루어진 것이오."

지장은 실제로 낭낭의 몸에서 향기를 맡았다. 지장은 낭낭의 깨달음이 있다면 바로 저런 것이 아닐까 하고 생각했다. 지장은 물러서는 낭낭에게 한마디 던졌다.

"낭낭은 이제 그대를 위해 사시오."

그런데 낭낭은 그날 밤 처소로 돌아와 잠을 이루지 못했다. 자신을 위해 어떻게 살아야 할지 막막하기만 했다. 자신의 삶이 완성된 줄 알았는데 어느새 자신의 삶이 사라져 버린 것이었다. 신라로 돌아가 살아간다는 것도 허망한 일 같았다. 출가할까도 생각해 보았지만 기운 달처럼 너무 늦은 일이었다.

그렇다면.

낭낭은 망설이고 망설이다가 달이 사라지기 전에 명안천으로 나아갔다. 달빛 아래서 바가지로 물을 떠 먼저 손발을 씻고 천천히 세수를 했다. 이제 지장보살을 친견했으니 더 이상의 원은 없었다.

─그래, 누가 나의 삶을 헛되다고 할 것인가. 지장은 지장보살이 되어 있다.

낭낭은 언월지 가에 섰다. 언월지는 달빛이 금빛으로 내려앉아 빛나고 있었다. 낭낭은 치마를 둘러쓰고 돌계단 위에 올라섰다.

―이제는 나를 언월지에 방생하자. 자비로운 부처님이시여, 지장보살님이시여. 나를 방생해 주소서.

낭낭은 연못으로 뛰어들었다. 아직 도량석도 치르지 않은 고요한 새벽이었다. 잔잔한 언월지 수면이 금빛으로 번쩍였다. 하얀 이빨처럼 물길이 튀며 '풍덩!' 하는 소리가 났지만 곧 잦아들고 말았다.

날이 밝아서야 낭낭의 시신은 물 위에 떴다. 낭낭의 시신임이 알려지자 화성사 승려들이 달려 나와 수습했다. 자장은 승유에게 낭낭을 화장하라고 일렀다. 낭낭의 죽음을 인연법대로 처리하라는 담담한 당부도 잊지 않았다.

그러나 화성사 승려들은 낭낭의 시신을 화장한 뒤 일장춘몽 같은 그녀의 사랑을 위로하기 위해 명안천 옆에서 몇 날 며칠 동안 아미타불을 염불해 주었다. 그제야 지장은 제자들에게 돌을 깎게 하여 명안천 옆에 낭낭탑娘娘塔을 세워 주었다.

 # 나무지장보살

오계교五溪橋.

구화산 다섯 계곡의 물이 합수하여 흐르는 오계 위에 놓인 다리를 오계교라 하는데, 다리를 건너면 바로 청양 시가지였다. 고현 스님과 나는 오계교를 건너기 전에 '장원의 묘'라고 부르는 곳으로 올라갔다. 무덤이 있는 언덕 위에 서니 오계가 훤히 내려다보였다. 강물이 햇빛에 반사되어 고기비늘처럼 반짝거리고, 강가에서는 아낙네들이 빨래를 하고 있었다.

"임 박사님, 혹시 이虱 무덤이란 얘기를 들은 적이 있습니까?"

"이 무덤이라뇨?"

"우리 몸의 피를 빨아먹는 이 말입니다."

"이 무덤이란 것도 있습니까?"

나는 고현 스님이 농담을 하고 싶어 그러는 줄 알고 웃으며 넘겨 버렸다. 그러나 고현 스님은 농담이 아니라는 듯 말했다.

"저 무덤이 바로 이 무덤입니다."

"저렇게 큰 무덤이 이 무덤이라고요?"

무덤의 비석에는 진사호부시랑 강공덕성지묘進士戶部侍郎 江公德聲之墓라고 음각되어 있었다. 청양 사람들이 지금도 이 지방 출신 강 시랑의 무덤을 '장원의 묘'라고 부르는 것은 그가 당나라 때 과거에서 장원급제를 하였기 때문이었다. 어느새 장원이 이름처럼 돼 버린 것이었다.

고현 스님은 나에게 이 무덤에 얽힌 얘기를 들려주었다. 어느 날 지장 스님이 실수로 이를 죽이게 되었다. 그런데 그 이가 환생하여 청양 땅의 강덕성으로 태어났다. 어느 날 고향인 청양 땅을 들른 강 시랑은 지장 스님의 등신불이 안치된 신광령神光嶺 삼층석탑으로 그의 어머니와 함께 기도하러 올라갔다. 한참 기도를 하다가 강 시랑은 자신도 모르게 송곳을 꺼내 등신불의 팔을 찔렀다. 강 시랑 자신은 전생의 일을 모르고 있으나 이의 몸이었던 자기를 죽인 지장 스님에게 복수하기 위해 그랬던 것이다. 등신불은 살아 있는 것처럼 흰 피를 흘렸다. 흰 피가 계속 흘러 삼층석탑을 적셨다. 강 시랑은 놀라 신광령에서 도망쳤다. 그러자 등신불을 지키던 위타천 신장이 철퇴를 들고 쫓아갔다. 그때 지장 스님의 등신불이 '강 시랑을 죽이지 말라. 강 시랑이 나를 찌른 것은 이 한 마리를 살생한 전생의 나의 업이니라' 하고 위타천 신장을 말렸다. 그러나 강 시랑은 위타천의 철퇴를 맞고 피를 흘리며 죽었다. 이미 등신불의 말이 들리지 않는 오계교를 넘어가 버렸기 때문이었다.

"강 공이 피를 흘리고 죽은 이후부터는 지장 등신불을 보호하기 위해 탑 안으로 봉안하게 되어 누구도 친견하지 못하게 되었다고 합니다."

고현 스님과 내가 숙박할 곳은 이미 예약한 구화산 구화가의 한 모텔이었다. 그러나 우리는 구화산의 후면이라고 할 수 있는 쌍계사 쪽으로 승용차를 이용해 먼저 갔다. 지장 스님이 구화산에 처음 들어와 그곳을 먼저 찾아가 수행했기 때문이었다.

그런데 쌍계사 쪽으로 가는 고현 스님과 나의 목적은 조금 달랐다. 고현 스님은 지장 스님의 입산 경로를 추적해 밟는 것이었고, 나는 금지차가 현재 어떤 이름으로 바뀌어 맥을 잇고 있는지가 궁금했다. 쌍계사까지는 승용차로 20여 분밖에 걸리지 않았다.

고현 스님은 쌍계사에 들러 지장 스님의 법맥을 이은 대흥大興화상(1894~1985)의 등신불을 참배하고서는 이를 악물었다. 눈빛을 보니 신심이 솟구치는 표정이었다. 대흥화상 등신불은 육신당 안에 봉안되어 있었다. 등신불 왼편에는 앉아서 입적한 대흥화상을 넣은 큰 항아리가 놓여 있었고, 오른편에는 고향생불故鄕生佛이라는 글씨 밑에 지장 입상이 미소를 짓고 있었다.

쌍계사에서는 지장 스님을 고향생불이라고도 부르는 모양이었다. 어쨌든 대흥화상이 지장 스님의 맥을 잇고 있다는 것을 강조하기 위해 육신당 안에 고향생불이라는 글씨를 붙이고 있음이 분명했다.

나는 마당을 쓸고 있는 늙은 승려를 붙잡고 물었다.

"서축운무차가 이곳에서 납니까?"

"아닙니다. 서축운무차는 저 절벽 위에 있는 구자암에서 생산하는 차를 말합니다. 이곳에서 나는 차는 쌍계운무차입니다."

"맛을 한번 볼 수 있습니까?"

그러자 그가 지니고 있던 사기잔을 내밀더니 보온병을 기울여 차를 따라 주었다.

"쌍계사의 중창주인 대흥화상께서 쌍계조아차를 가지고 와 쌍계사 주변에 차 씨를 뿌려 개발한 차입니다. 우리들은 쌍계운무차라고 하지요. 전하는 말에 의하면, 지장 스님께서 만들었던 방법을 따르고 있어 지장불차와 맛이 흡사하다고 합니다."

"저 절벽 위에 있다는 구자암은 어디로 갑니까?"

"삭도를 타야 갈 수 있습니다."

삭도란 케이블카를 말했다. 쌍계사 승려의 말대로 포장된 도로를 조금 더 올라가니 케이블카 정류장이 나타났다. 그러나 매표소 여직원은 두 사람만 태우고는 운행하지 않는다며 아예 표를 팔지 않았다. 케이블카를 타려면 관광객이 모이거나, 위에서 내려오는 사람이 있을 때까지 기다리라는 말만 되풀이했다.

그렇다고 마냥 기다릴 수만은 없었다. 숙소로 돌아가기 위해 승용차를 대기시켜 놓고 있었기 때문이다. 고현 스님이 한참 만에 묘수를 하나 꺼냈다.

"임 박사님, 이렇게 합시다. 사람은 둘이 타더라도 표를 넉 장 구입하면 되지 않겠습니까?"

"묘수 중의 묘숩니다."

과연 고현 스님의 말대로 매표소 여직원에게 표를 넉 장 사겠다고 하자 당장 케이블카의 작동을 준비하라고 남자 직원에게 시키는 것이었다.

나는 어서 구자암으로 올라가 서축운무차의 맛을 감별하고 싶었다. 그러나 고현 스님은 지장 스님이 구화산에 처음 입산하여 15년 간 좌선했다는 반타석에 관심이 많았다. 절벽 위까지는 케이블카로 10분여밖에 걸리지 않았다. 그곳에서 우리는 안내자 없이 팻말만 보고 구자암으로 가는 산길을 걸었다. 분지 쪽으로 내려가는 동안 관음전 노비구니를 만나 구자암을 물어보니 한참을 설명했다. 좀 더 아래쪽으로 돌아가니 조그만 분지가 보였다. 작은 개울이 흐르고 햇볕이 양명한, 솥처럼 생긴 구릉의 분지였다. 분지 기슭에는 대숲이 울창했고 대나무 사이사이에는 차나무가 무성했다.

나무지장보살 나무지장보살.

어디선가 지장보살을 쉼 없이 외는 창불唱佛 소리가 들려오고 있었다. 차를 마시는 휴게소에서 들려오는 소리가 틀림없었다. 자세히 둘러보니 휴게소 앞 양지바른 곳에서는 모택동 모자를 쓴 서너 명의 남자들이 차를 마시며 장기를 두고 있었다.

"반타석이 어디 있습니까?"

고현 스님이 묻자, 그들은 휴게소 뒤쪽을 턱짓으로 가리키고는 다시 장기에 몰입했다. 나는 주춤거리며 고현 스님을 뒤따랐다. 반타석은 휴게소 바로 뒤 서너 걸음쯤에 있었다. 좌우에는 지장반야석地藏般若石과 지장제일수행처地藏第一修行處라고 음각된 붉은 글씨가 새겨져 있는데, 나는 오줌이 마려워 재빨리 휴게소로 돌아와 버렸다.

"서축운무차가 있습니까?"

"이 선차를 말하는 것입니까?"

차를 파는 아가씨가 내 물음에 답하지 못하고 얼굴을 붉혔다. 그러나 장기를 두는 남자들은 들은 체 만 체했다. 나는 아가씨가 내놓은 차를 마시며 고현 스님을 기다렸다. 고현 스님은 카메라에 반타석을 여러 장면 담고 나서야 돌아왔다.

우리는 다시 구자암으로 올라갔다. 지금은 광화원廣化院으로 이름이 바뀌어 있지만 규모는 암자나 다름없었다. 그곳에 가서야 나는 서축운무차를 맛볼 수 있었다.

"지장 스님께서는 말년을 구화산 남대에서 보내셨지요. 서축암은 남대 가까운 곳에 있었습니다. 그곳의 차 씨를 이곳에 심은 겁니다. 그러니까 서축운무차는 지장불차의 맥을 잇고 있는 선차입니다."

차 한 모금이 목을 넘어가는 동안 무엇이라고 표현할 수 없는 맛과 향이 느껴졌다. 광화원의 주지는 서축운무차의 맛과 향을 이렇게 표현했다.

"이곳의 명차 중에는 단맛이 나는 차가 있습니다. 그러나 서축운무차는 지장불차와 같이 명주실처럼 맑고 청량한 아침 이슬을 마시는 것과 같습니다."

그러면서 주지는 지장 스님에 얽힌 설화를 한 토막 들려주었다.

"지장 스님이 신라에서 차 씨를 가져와 구자암 주변에 심었는데 처음에는 싹이 트지 않았다고 합니다."

그래서 지장은 기도하고 염불하며 차 씨가 싹트기를 기다렸다고 한다. 그래도 차 싹은 나지 않았고, 그러던 어느 날 산 아래 사는 촌로가 찾아와 이렇게 물었다고 한다.

"스님, 아무것도 없는 밭에서 무얼 하고 계십니까?"

지장을 향해 촌로가 다시 말했다.

"스님, 밭에 무엇을 심은 것입니까?"

지장이 한참 만에 차밭으로 걸어가 말했다.

"차 씨를 심었소."

"스님, 차 싹은 결코 트지 않을 것입니다."

"왜 그렇다는 것입니까?"

지장은 비로소 촌로를 자세히 보았다. 촌로는 허연 수염을 길게 기르고 있었고, 그 수염은 햇볕을 받아 빛나고 있었다.

"그대는 신선이 아닙니까?"

"저는 무지렁이 농사꾼일 뿐입니다."

촌로는 지장이 서 있는 밭 앞을 허리를 구부려 호미로 팠다. 그러자 까맣게 변한 차 씨가 나왔다. 촌로가 입으로 가져가 어금니로 차 씨를 깨물자 차 씨 안은 썩은 채 아무것도 없었다.

"차 씨가 싹이 트지 않은 것은 벌레가 해쳤기 때문입니다."

"벌레가 차 씨를 먹은 이유는 무엇입니까?"

"묵은 씨앗이기 때문에 그렇습니다. 너무 시간이 지나 벌레가 먹기 좋게 씨앗이 썩어 있었던 것입니다."

지장은 신라에서 가져온 차 씨가 다 썩었다는 농부의 말에 낙심했다.

"이제 나는 차 대신 맹물만 먹고 사는 수밖에 없구려."

"그러실 필요가 없습니다. 스님을 위해 제가 미리 차 씨를 한 알 파내어 저의 밭에 심어 둔 게 있습니다. 그러니 너무 실망하지 마십시오."

지장이 신라에서 가지고 온 금지차가 구화산의 한 촌로에 의해 살아남아 퍼지게 됐다는 설화였다.

나는 금지차의 공덕이 구화산의 한 촌로에게로 옮겨진 듯하여 뒷맛이 씁쓸했다. 촌로의 선견지명으로 금지차의 역사가 이어졌다는, 중국인 중심으로 각색한 이야기인 것이었다. 그러나 나는 그런 씁쓸한 기분을 광화원 입구에 세워진 제청탑(啼聽塔)을 발견하고서는 곧 털어 버렸다. 제청이란 지장 스님이 신라에서부터 데리고 왔다는 흰 개 선청의 다른 이름이었다. 구자암에 지장 스님이 오래 머물렀고, 개가 고승처럼 탑에 조각되어 있는 것으로 보아 선청이 틀림없었다.

우리는 시간이 너무 늦어 구화가로 들어가지 못하고 청양 시가지에서 숙박을 했다. 다음날 일찍 구화산 초입에 도착했을 때는 해가 산허리에서 막 솟구치고 있었다. 고현 스님이 예전의 북대문촌엘 들렀다 가자고 하여 잠시 승용차를 세워 두고 길 아래로 내려갔다.

길 아래로 중국 민가 형식의 절이 하나 보였다. 절이라기보다는 사당에 가까웠다. 내어걸린 편액에는 이성전二聖殿이라고 씌어 있었다. 이성전 모퉁이에는 한 노파가 햇볕을 쬐며 삐딱한 의자에 앉아 뜨개질을 하고 있었다.

"소우와 소보를 기리고자 세워진 절입니다."

"지장 스님의 외삼촌이라는 것을 알고 있습니다. 이분들도 성인이 됐군요."

이 성전을 찾는 참배객들도 많은지 연못 주위에 인부들이 하나둘 나타나기 시작하더니 사자나 용 모양으로 돌을 쪼기 시작했다. 고현 스님이 다시 말했다.

"천년 전에는 이들이 길잡이가 되어 화성사까지 안내했다고 합니다. 그 공덕으로 오늘날 중국인들로부터 성인 대접을 받고 있는 것이지요."

승용차 기사가 재촉했다.

"여기도 다음부터는 입장료를 받을 겁니다. 그래서 인부들을 동원해 볼거리를 만들고 있는 겁니다. 99미터 크기의 지장 스님 동상도 이 부근에 조성한다고 합니다. 어서 차를 타시지요."

구화가로 가는 산길은 생각보다 험했다. 잘 포장된 길이지만 승용차는 굽이굽이 고갯길을 돌면서 브레이크를 밟을 때마다 끼익하는 파열음을 냈다. 나는 눈을 감고 소우와 소보를 떠올렸다. 나귀의 재갈을 잡고 느릿느릿 재를 넘어가는 신라 왕족 출신의 그들이 숲 속에서 곧 튀어나올 것도 같았다. 나 역시 해동에서 온 사람으로서 지금 재를 넘고 있었다.

승용차 기사는 기원사 옆에 우리를 내려 주고는 재빨리 청양으로 되돌아가 버렸다. 아마도 이성전에서 지체한 것을 화풀이라도 하는 듯했다. 우리는 어이없어 하며 숙소를 찾아 들어갔다.

―드디어.

우리는 누가 먼저랄 것도 없이 '드디어' 하고 자못 감회에 젖었다. 지장 스님이 지장신앙의 성지로 일군 구화산에 당도한 것이었다. 중국의 4대 불교 명산 중 하나인 구화산에 지금 서 있는 것이었다.

―산서성의 오대산에는 문수보살이 상주하고, 사천성의 아미산에는 보현보살이 상주하고, 절강성의 보타산에는 관음보살이 상주하고, 안휘성의 구화산에는 지장보살이 상주하니 이 산들을 일러 중국의 4대 불교 명산이라고 한 것이다.

그뿐인가. 이백이 절창의 시를 남긴 이후 구화산은 명산의 반열에 오르게 되었고, 시인묵객들의 발길이 끊이지 않는 성지가 되지 않았던가.

―나는 지금 북으로는 장강을 굽어보고, 남으로는 황산과 마주한 구화산에 와 있는 것이다. 저 우뚝 솟은 봉우리가 구화산에서 가장 높은 시왕봉이 아닐 것인가. 구화산은 저 시왕봉을 중심으로

99개의 봉우리가 펼쳐져 있는 것이다. 저 봉우리들도 99세로 입적한 지장 스님과 기연이 아닐 수 없는 것이다.

구화가 거리로 나서자 거리에는 온통 지장보살의 창불 소리로 가득했다. 길가에 늘어선 절이나 상점이나 어디서든 나무지장보살을 유행가처럼 틀어 놓고 있었다.

나무지장보살.

나무南無란 귀의하다라는 뜻이 아닐 것인가. '귀의하다' 라는 인도 말 '나마스' 가 나무로 한역된 것이다. 우리는 지장 스님이 구자암에서 이쪽의 구화산으로 넘어와 처음 수행했던 동굴을 찾아 나서기로 했다. 구화가 사람들은 노호동老虎洞 동굴이라고 불렀다. 장리 제갈절이 백토를 먹으며 수행하는 지장의 모습을 보고 감동한 바로 그 동굴이 노호동인 것이었다. 이미 등산화로 갈아 신은 우리는 돌계단을 오르기 시작했다.

"고현 스님, 노호동을 답사한 후에는 지장 스님의 등신불을 볼 수 있는 겁니까?"

"시간은 충분할 것입니다."

"정말 1200년 전의 지장 스님 등신불을 볼 수 있는 것입니까?"

"등신불은 남대의 육신보전에 있습니다."

"육신보전이라면 우리 숙소에서 가까운 곳에 있는 절이 아닙니까?"

"하하. 임 박사님은 이미 지장불차를 마셨는데 무슨 욕심이 그리 많으십니까?"

나는 고현 스님의 말에 대답을 못하고 궁색해졌다. 사실, 내가 등신불을 반드시 친견해야 할 이유는 별로 없었다. 굳이 찾자면 등신불을 친견하고 싶어 하던 고인이 된 아내의 소원을 내 눈을 통해 대신 봐 주는 정도일 뿐이었다. 나는 천년 전 지장 스님이 마셨던 금지차의 맛을 보았으니 지장 스님을 뵌 것이나 다름없었다.

"저는 저녁 예불을 육신보전에서 볼 예정입니다. 그곳 스님들과 상의할 일도 있고요."

"등신불을 국내로 모셔오는 일 때문이군요."

"맞습니다."

땀을 두어 번 흘리고 나자 동애東崖 절벽 위에 동굴이 하나 보였다. 거대한 바위 덩어리에 노호동이라고 음각한 붉은 글씨가 선명했다. 동굴 초입과 너머에는 작은 암자 두 채가 새집처럼 얹혀 있었다.

동굴 문은 잠겨 있었다. 초입의 암자에 사는 초로의 비구가 나타나 절벽 위에 지은 암자로 가 허락을 맡아야 된다고 말했다. 노비구니가 동굴 문의 열쇠를 가지고 있는 모양이었다. 그러나 노비구니는 문을 열어 달라고 하자 화부터 냈다.

"당신들에게 문 열어 줄 수 없소!"

고현 스님은 난감해 했다. 참배를 왔는데 문을 열어 주지 않겠다고 하니 이해할 수 없는 노비구니였다. 내가 가서 따지듯 말했지만 더 소리소리 지를 뿐이었다. 동굴 안의 지장보살에게 참배하려면 시주부터 먼저 하라고 우겼다.

"스님, 좀 전의 비구와 비구니 스님의 얼굴이 닮아 있지 않습니까?"

"그런 것 같습니다만."

"비구 스님에게 얘기해야 통할 것 같습니다."

마침 옆에서 언쟁을 지켜보고 있던 처사에게 물어보니 나의 예감은 옳았다.

"저 비구 스님은 비구니 스님이 출가하기 전에 낳은 아들입니다. '문혁' 때 노호동도 다 파괴되고 말았지요. 비구니 스님이 여기에 와서 살자 사람들은 미쳤다고 했습니다. 도저히 살 수 없는 형편이었으니까요. 저 비구 스님은 어린 시절부터 불심이 깊었다고 합니다. 그러나 정신이 이상해져 방황하다가 어머니를 찾아 노호동으로 와서야 마음의 안정을 찾고는 출가했다고 합니다."

처사는 노호동으로 오는 돌계단을 놓는 작업을 하다가 그만 노호동에 주저앉게 되었다며 자신의 처지까지 고백했다. 처사 말고도 노호동에는 위구르인처럼 눈이 파랗고 머리에 빵모자를 쓴 노처녀가 출가를 준비하고 있었다.

노비구니는 글자를 모르는 문맹이었다. 아들인 비구가 소리지르는 어머니를 못마땅해 하며 자신과 어머니의 법명을 땅바닥에 써 주었다. 그는 등량燈樑이었고, 노비구니는 대정大淨이었다.

"출가는 어머니 밑으로 했지만 법명은 제가 지었습니다. 세상의 등불이 되고 기둥이 되겠다는 뜻입니다. 하하하."

그의 웃음소리를 듣고 나서야 우리는 기분을 풀었다. 내가 1백 위안을 시주하겠다고 하자 노비구니에게 달려가더니 당장에 열쇠 꾸러미를 들고 와 동굴 문을 따주었다. 나는 동굴 안으로 들어가지는 않고 입구에서 기웃거리고 말았다. 지장보살이 본존이고 우측에는 조잡하게 만든 호랑이상이 안치되어 있었다. 시주한 것에 비하면 동굴 안은 실망스러운 분위기였다. 나는 등량에게 차나무가 있는 곳을 안내해 달라고 말했다.

"노호동 부근에 자생 차나무가 있습니까?"

"있습니다, 있고말고요. 천년은 됐을 겁니다. 차나무로서는 고목이지요."

동굴 위로 암벽타기를 하듯 오르자 좌선대 가까이 차나무 고목이 자라고 있었다. 지장 스님이 직접 심은 차나무라고는 단정하기 곤란하지만 금지차나무의 자손이 아닐까 하고 나는 추정했다. 나는 차나무를 보고 나서야 노호동에 온 것에 대해 만족했다. 욕쟁이 노비구니에게 먹은 욕설도 금세 잊어버릴 수 있었다.

노비구니는 시주를 받고 나서야 차 대접까지 하는 호의를 베풀었다.

"찻잎을 지장보살님 전에 놓고 기도한 뒤 만든 차라 맛이 다를 거요."

작설차와 비슷했다. 지장불차는 반발효차라는데 이것은 족보가 다른 하품 차였다. 그래도 중국은 수질이 안 좋아 맹물을 마시는 것보다는 맛과 향이 없더라도 차를 마시는 것이 안심이 되었다.

고현 스님은 구화산에 여러 번 왔지만 노호동은 처음 찾는 모양이었다. 감개무량한지 호랑이 유골을 안치한 탑 주위를 빙빙 돌았다. 그러나 나는 노비구니의 말을 믿지 않았다. 호랑이 유골을 안치한 탑이라기보다는 노호동에서 수행한 고승의 것으로 믿었다. 탑에는 심엽태허心葉太虛라는 글씨가 희미하게 새겨져 있었다. 호랑이와는 아무 상관이 없는 글씨였다.

노호동에서 숙소로 돌아오면서 나는 고현 스님에게 암호 같은 네 글자를 내 나름대로 풀이하면서 중얼거렸다.

"심엽이나 태허라는 스님의 부도가 아닐까요?"

그러자 고현 스님이 큰소리로 말했다.

"아, 그렇습니다. 태허라는 고승은 실존한 인물입니다. 그 대사가 바로 '신라김교각 중국지장왕新羅金喬覺 中國地藏王'이라고 지장 스님을 정확하게 평한 분입니다."

"그렇다면 심엽은 그분의 법호가 아닐까요?"

"그건 잘 모르겠습니다. 심엽心葉이란 제 공부가 부족해서 그런지 몰라도 처음 보는 단어입니다."

숙소로 돌아온 우리는 저녁 예불시간 전에 육신보전으로 올라갔다. 평일인데도 사람들의 행렬이 끊이지 않았다. 이러한 행렬을 두고 국내에서 '마치 거대한 용이 승천하는 기세와 같다. 은하수의 도도한 흐름과 같다'라는 얘기를 들은 적이 있는데, 사실이 그랬다. 나는 인산인해의 행렬에 밀려 어느새 질려 버렸다.

인파에 떠밀려 고현 스님과는 헤어져 걸었다. 나는 혼자서 참배객들의 기세에 눌려 외톨이가 되어 한 계단 한 계단을 딛고 있었다. 육신보전 마당의 향로는 불이 난 듯 연기를 피워 올리고 참배객들은 너나없이 머리를 콩콩 찧으며 절을 했다. 나도 향을 한 다발 사서 들고 향로에 꽂고 불을 붙였다. 합장한 채 고개를 숙였다. 그리고는 문득 떠오른 아내의 영가를 불렀다.

―아내여, 당신이 오매불망 그리워하던 지장보살의 등신불을 모신 육신보전 앞에 섰소. 당신과 내가 일심동체라면 당신이 서 있는 것이나 마찬가지 아니겠소. 영가여, 당신과 헤어진 지 2년 만에 대원사에 들렀을 때 고현 스님이 어느 영가를 위로하던 말이 생각나는구려. 태어나는 것은 한 조각 구름이 일어나는 것과 같고, 죽는 것 또한 한 조각 구름이 사라지는 것과 같다고 했소. 그러나 생

사에 매이지 않는 청정한 한 물건이 있다고 했소. 영가여, 부디 청정한 한 물건으로 되돌아가 마음 내키는 일마다 거리낌 없이 자유를 누리기 바라오.

나는 불현듯 감상에 젖어 목이 메었다. 아내에게 더 할 말이 있을 것 같았지만 잇지 못하고 말았다. 나는 천천히 육신보전 앞의 계단을 올라갔다. 저녁 예불이 막 시작되고 있었다. 오불관五佛冠을 쓴 지장보살상 좌우에서는 승려들이 염불을 크게 외고 있었다. 참배객들을 위해 정면의 자리는 비워두고 있었다.

나는 보전 문턱을 넘어가 불전에 시주하고 무릎을 꿇었다. 그러자 한 승려가 맑은 소리가 나는 불구를 '뎅뎅뎅!' 하고 쳐 주었다. 누군가가 나의 등을 두드렸을 때에야 나는 일어났다. 돌아보니 나이 지긋한 한 승려가 미소를 짓고 있었다. 보전 안에서는 여전히 장엄한 염불 소리가 공명하고 있었다. 나는 그에게 소리쳐 물었다.

"지장 스님의 등신불은 어디 있습니까?"

"저 안에 있습니다."

"친견할 수는 없습니까?"

"지장보살께서 아직 지옥중생을 다 제도하지 못하여 친견할 수 없습니다. 지옥 중생을 다 제도한 후에야 저 탑원을 개봉할 것입니다."

그런데도 나는 이상하게 아쉬움 같은 것이 없었다. 아내의 영가는 이미 등신불을 친견했을 것이라는 느낌이 들었다. 그런 기분 때문에 나는 미련 없이 육신보전을 빠져나올 수 있었다. 밖으로 나오니 그제야 어둠이 나를 감쌌다.

구화가의 불빛이 가까이 다가와 반짝거렸다. 그러고 보니 나는 천년 전 지장 스님이 이룩한 지장성지 연화불국에 와 있었다. 구화가 거리 상점들에서는 여전히 염불 소리가 흘러나오고 있었다.

—나무지장보살. 나무지장보살.

나는 관광 상품을 파는 가게 위층에 있는 다장茶莊으로 들어갔다. 지장불차를 한 잔 시켰다. 차가 나오는 동안 나는 눈을 감았다. 나는 지금 내가 무엇을 하고 있는지 가만히 스스로에게 물어보았다. 무엇 하러 구화산에 와 있는지도 물었다. 아내의 영가를 위해 와 있다고 스스로 위로했지만 꼭 그런 것 같지는 않았다. 그것이 전부라면 나는 나 자신을 속이고 있는 것이나 다름없었다.

물론 회사원으로서 금지차를 연구하기 위해 온 것도 사실이었다. 그렇지만 그것도 전부일 수는 없었다. 나는 지장불차 한 잔을 놓고서 한동안 상념에 잠겼다. 잠시 후에야 나는 맑게 우러난 지장불차를 천천히 마셨다. 그러자 지장불차는 지금까지 느끼지 못했던 맛과 향을 냈다. 자비로운 지장 스님의 삶을 떠올리게 하는 맛과 향이었다. 지장 스님이 남긴 향기가 무엇이었는지 음미하게 해 주었다.

차는 내게 말하고 있었다. 맛과 향을 찻잎에서만 찾지 말고 자신의 내면에서 찾으라고. 너 자신의 삶이 차의 맛과 향처럼 향기롭게 변해야 한다고. 지장 스님이 환생하여 나와 차를 한잔 한다면 바로 그런 법문을 해 줄 것만 같았다. 나는 식어 버린 차에 나의 눈물을 보탰다.

다불

　지장은 시자 도명과 청양 출신의 코흘리개 동자승만 데리고 화성사에서 남대 암자로 올라갔다. 큰 절이 돼 버린 화성사는 큰 상좌 승유가 관리케 하고 자신은 늙은 수행자로서 물러나 남대 암자에서 말년을 보냈다.

　도명마저 출타해 버리면 지장은 동자승을 데리고 암자 주변의 차밭을 일구며 유유자적했다. 동자승은 공부하기에는 아직 어린 나이였으므로 지장 옆에서 찻물 끓이는 일을 했다. 그러나 동자승은 자신을 절에 맡기고 간 어머니가 생각날 때마다 "스님, 집으로 보내 주셔요. 스님, 어머니 보살이 보고 싶어요." 하고 눈물을 흘리며 늙은 지장의 마음을 아프게 했다.

그러던 동자승이 기어이 청양 집으로 보내 주지 않으면 밥을 먹지 않겠다고 소동을 벌였다. 지장은 동자승을 큰 수행자로 키워 보고 싶었지만 암자에서 내려 보내기로 마음먹고 도명을 불러 말했다.

"요즘 들어 동자승이 더욱 우는구나."

"외로워서 그럴 겁니다. 사람들이 많은 화성사로 보낼까요?"

"아니다. 그래도 아이는 울 것이다."

"그럼 어찌할까요?"

"아이 부모는 청양에 사느니라. 절밥을 먹으면 단명을 면한다고 해서 나에게 맡겨졌느니라. 하지만 아이가 부모를 저리도 잊지 못하니 나도 별 수가 없구나."

"스님, 아이를 데리고 청양을 다녀오겠습니다."

"그리 하여라. 지금 아이에게 부처가 있다면 바로 아이의 어머니가 아니겠느냐."

지장은 코흘리개 동자승을 보내고 나서 마음이 허허로웠다. 석양 무렵에는 자신의 애틋한 심정을 다음과 같이 읊조렸다.

    암자가 적막하니 너는 부모 생각이 나겠지
    정든 절을 떠나 구화선을 떠나는 동자여
    난간을 따라 죽마 타기 좋아했고

땅바닥에 앉아 금모래를 모았었지
냇물로 병을 채우려 달 부르던 일,
솥에 찻물 끓이며 하던 장난도 그만두었네
잘 가라, 부디 눈물일랑 흘리지 말고
늙은 나야 벗삼는 안개와 노을이 있느니라.
空門寂寞汝思家 禮別雲房下九華
愛向竹欄騎竹馬 瀨於金地聚金砂
瓶添澗底休招月 烹茗甌中罷弄花
好去不須頻下淚 老僧相伴有煙霞

지장은 동자승을 보내고 난 며칠 후, 자신도 이 세상의 그 어떤 여인보다 아름다웠던 속가의 어머니를 그리워하고 있음을 깨닫고는 쓸쓸하게 미소 지었다. 어느 날 달밤에 차를 따라 마시면서 지장은 문득 도명에게 이렇게 물었다.

"도명아, 내 어머니를 기억하느냐?"

"기억하고말고요. 제가 명안천에서 새벽에 첫 물을 길어 스님께 나르곤 했지요."

지장은 달을 쳐다보면서 힘없이 미소를 지었다.

"그래, 그랬었지. 그 샘물로 어머니의 눈을 씻겨 드렸지."

"신라로 돌아가신 어머님의 소식은 들으셨습니까?"

"돌아가셨지. 어느 절 돌담에 기대어 편하게 눈을 감으셨다고 그래. 원한이 참 많은 분이었어. 젊은 날 소비로 궁에 들어갔다가 출궁 당했으니 세상 사람들을 얼마나 원망했겠나. 하지만 어머니는 나의 법문을 듣고 원한의 고리를 끊고 돌아가셨으니 내생에는 복 많은 분으로 태어나시겠지."

도명은 묵묵히 지장의 얘기를 듣기만 했다. 유모의 손에 자란 도명은 어머니란 존재를 실감할 수 없었다. 이 세상의 모든 어머니가 자식에게는 바로 관세음보살이라는 것을 모르고 있었다. 지장은 도명에게 또다시 차를 따라 주며 말했다.

"고통을 피하려고 하면 원한을 품게 되고 고통을 받아들이려고 하면 원한은 사라지게 되는 법이야. 세상사를 부처님의 인과법으로 보거라. 고통은 누가 준 것이 아니라 자기 자신이 만든 것이거든. 그것을 모르니 중생들은 남을 원망하게 되는 것이지. 나의 어머니도 그 도리를 깨닫지 못해 평생 동안 왕궁을 향해 원한을 품고 사신 것이야. 전생에 허물이 많은 분이었어."

지장은 남대 암자에서도 차밭을 쉬지 않고 가꾸었다. 금지차나무만 기르는 것이 아니라 실제로 찻잎을 따 손수 제다製茶를 했다. 제다하는 날의 암자는 방마다 향기로 가득했다. 극락이 따로 없었다. 지장과 도명은 봄이 되면 차를 만들면서 미묘한 차향기로 삼매에 들어 하루하루를 보냈다.

지장은 제자들에게 절대 차를 시주받지 못하게 했다. 신도들에게도 그렇게 당부했다. 차나무를 기르고 찻잎을 따고 차를 마시는 것 자체가 선농禪農의 수행이기 때문이었다. 언젠가 제자 유탕이 명차를 시주받아 지장에게 자랑하다가 절에서 영영 쫓겨날 뻔한 적도 있었다.

"너는 큰 허물을 지었다. 멀쩡한 네 손발을 두고 농부의 수고를 빼앗았으니 어찌 허물이 적다고 하겠느냐. 나는 감히 말하겠다. 차를 시주받기 좋아하는 수행자는 지옥에 가서 염라대왕의 뜨거운 철환鐵丸을 먹으리라."

남릉까지 가서 정토 4부경을 필사해 온 유탕의 공은 제자들 중에서 누구보다 크다고 하겠지만 차를 불로소득한 까닭에 지장은 모른 체하지 않고 불호령을 내렸던 것이다. 그날 이후 지장의 제자들은 찻잎을 직접 따서 자신들이 제다한 차만 마셨다.

지장은 걷기조차 힘들어하면서도 쌍봉암에는 자주 올랐다. 쌍봉암에는 선승 정장이 수행하고 있었다. 지장이 혼자서 암자를 올라오다 지쳐 바위에 앉아 쉬고 있으면 정장은 달려 내려와 지장을 모셔가곤 했다.

정장은 지장노사가 돌아갈 자리와 때를 알고 있다고 믿었다. 정장은 지장의 표정에서 그렇게 읽고 있었다. 그러나 지장은 정장이 아직도 자신을 모르고 있다고 여겼다. 그래서 쌍봉암을 자주 힘들게 올라오곤 하는 것이었다. 어떤 때 지장은 단 한마디도 하지 않고 차 한잔을 마시고는 정장이 잠시 암자를 비운 사이에 바람처럼 내려가 버리기도 했다. 정장도 사실은 지장에게 묻고 싶은 간절한 물음이 하나 있었다. 언젠가 화성사에서 소우 형제와 함께 있다가 품은 의문이었다. 그러나 다른 제자들이 보는 데서는 물을 수 없는 질문이었다. 정장 자신이 처신을 조심해야 하는 신라인이기 때문이었다.

정장은 초조했다. 초여름에 이르러 지장의 기력은 걸음도 걸을 수 없을 정도가 되었다. 그러나 지장은 지팡이와 도명에게 의지해서 그날도 쌍봉암에 올라왔다. 정장은 도명이 잠시 암자 밖으로 나간 사이에 더 이상 참지 못하고 물었다.

"스님, 언젠가 고국이 나를 부르러 올 것이다, 라고 말씀하셨습니다. 그때가 언제이옵니까?"

지장은 연민에 겨운 듯 눈을 반쯤 뜨고 정장을 바라보며 무심코 말했다.

"1000년하고도 200년, 1200년 후가 되겠지. 그때 고국의 사람들이 나를 부르러 올 것이야."

정장은 지장의 예언에 숨이 막혔다. 2, 3년이 아니라 1200년 후라니, 아득한 미래의 일인 것이었다. 정장은 고개를 흔들며 중얼거렸다.

―1200년이라니. 아득한 날이야. 아득한 날…….

그런데 그 말은 지장이 정장에게 마지막으로 한 유언이 되고 말았다. 쌍봉암에 오른 지 두 달 만에 지장은 도명에게 종을 치게 하여 남대로 제자들을 불러 모았던 것이다. 승유, 유탕, 도명, 민양화, 정장 등이 지장 앞에 무릎을 꿇었다.

지장은 숨을 그렁그렁 쉬면서도 벽에 등을 기댄 채 좌선을 하고 있었다. 두 눈은 제자들을 보고 있는 것이 아니라 허공을 응시하고 있었다. 큰 상좌인 승유가 말했다.

"스님, 어인 일로 부르셨습니까?"

그러나 지장은 말이 없었다. 다급해진 승유가 다시 엎드려 절을 하며 말했다.

"스님, 한 말씀만 내려 주십시오."

그래도 지장은 유훈을 내리지 않았다. 잠시 후 보일 듯 말 듯한 미소를 지으며 정장을 불렀다. 지장의 법이 정장에게 전등傳燈되는 순간이었다. 정장은 지장의 마음을 알고는 도명에게 찻물을 끓이도록 지시했다.

잠시 후, 지장은 정장이 공양한 차를 천천히 마셨다. 그러고는 입술을 닫고 침묵했다. 차 한잔 마시는 것이 지장의 가풍이자 깨달음의 노래였다. 차 한잔 마시는 것이 지장의 임종게臨終偈였다. 지장은 자신이 태어난 날 열반에 들어 제자들에게 생사가 하나라는 것을 보여주었다. 당 정원 10년으로, 지장의 나이 99세가 되는 여름 7월 30일이었다. 지장의 고국인 신라로 치자면 원성왕 10년(794)이 되는 해였다.

이로부터 20년 후.

젊은 시절 지장을 보았던 청양의 은둔 거사 비관경費冠卿은 그때의 일을 「구화산 창건 화성사기」에 다음과 같이 기록하였다.

산이 울리고 돌이 굴러 내려오며 요란하더니 지장은 그만 시적示寂하여 버렸다. 승려들이 왔으나 말이 없었고, 절 안의 종을 치니 종소리가 나지 않고 종이 떨어져 버렸다. 여승이 입하니 당堂의 서까래가 세 토막으로 부러져 버렸다. 그리하여 승려들은 지장이 신神으로 변하여 그렇게 한 것이라고 믿었다. 제자 승려들은 지장의 가부좌한 시신을 함에 넣어 두었다가 3년이 지난 후 탑에 봉안하려고 함을 열어보니 지장의 안색은 생시와 다름없었고, 팔다리를 쳐드니 뼈마디에서 금사슬 같은 소리가 났다. 불경에서는 금사슬 같은 소리가 나면 보살이라 하였다經云 菩薩鉤鎖 百骸鳴矣. 밤이 되면 지장의 탑에서는 불빛이 발광하여 번쩍번쩍하였다.

이와 같이 지장이 신광령神光嶺에서 최초로 등신불이 된 이래 구화산에서는 1200년 동안 아홉 등신불이 출현하였다. 아홉 등신불

중에서도 지장의 법맥을 이은 고승들 가운데는 단연 해옥海玉 무하無瑕(1513~1623)선사가 으뜸이었다. 무하는 명조明朝 때의 인물로 24세에 오대산으로 출가하여 천하를 만행하다가 지장을 동경하게 되어 구화산으로 들어와 복호伏虎 동굴에서 야생 열매로 굶주림을 면하며 수십 년 동안 정진한 고행승이었다. 특히 28년 동안 자신의 혀를 깨물어 낸 피와 금가루를 섞어 『화엄경』 여든한 권을 필사하니, 사람들은 '혈경血經'이라 부르며 한없이 신심을 냈다.

무하는 120세에 이르러 앉은 채 열반에 들었는데 항아리에 넣은 시신을 3년 후에 꺼내보니 그 옛날 지장의 모습과 똑같았다. 그리하여 명 숭정은 무하를 '응신보살應身菩薩'에 봉하고 금가루를 하사하여 등신불을 도신塗身케 한 뒤, 절을 확장하여 백세궁百歲宮으로 부르게 했던 것이다.

구화산의 개산조가 지장이라면 무하선사는 당연히 중흥조가 되었다. 무하가 구화산에 들어 지장의 등신불을 남대 신관령에서 찾아내 천하에 다시 알리면서 지장신앙을 크게 부흥시켰기 때문이다.

무하 이후에 나타난 등신불이 된 고승은 다음과 같다. 구화산으로 출가하여 20여 년 동안 고행한 기원사 방장 융산隆山(1757~1841), 청대 고승 법룡法龍(1812~1909), 청대 고승 상은常恩(1818~1909), 근대 고승 정혜定慧(?~1909), 근대 고승 화덕華德(생몰 미상), 쌍계운무차를 만들어 지장의 금지차 맥을 이은 대흥大興(1894~1985), 현대 고승 자명慈明(1904~1991), 현대 고승 명정明淨(1928~1992), 그 밖에 비구니 인의仁義(1911~1995) 등이 지장보살의 화신이 되어 천년 전 신라인 김지장 스님의 법맥을 지금도 도도한 강물처럼 잇고 있는 것이다.

그렇다.

세상의 강물이 흐르고 흘러 바다를 이루는 법이다. 천 강에 천 개의 달그림자가 드리워져 있다 하더라도 실상의 달은 하나뿐인 것처럼 만법은 하나로 돌아간다. 등신불이 된 역대 중국의 고승뿐만 아니라 연화불국 구화산을 참배하는 중국인, 한국인, 일본인, 동남아인들 모두가 신라인 김지장 스님을 지장왕보살로 부르며 해마다 수십만 명씩 귀의하고 있는 것이다.

작가 후기

차 한잔으로 부처를 이룬 지장 스님

오래전 나는 출처 미상의 작은 동판 하나를 후배로부터 선물 받은 일이 있다. 후배가 서울 청계천 벼룩시장에서 우연히 구입했는데, 선禪에 관심이 많은 내가 가지고 있어야 할 물건이라며 녹이 파랗게 슨 동판을 건네주었던 것이다. 주조한 동판의 앞면에는 지장보살도地藏菩薩圖가, 뒷면에는 지장 스님의 일생을 기술한 명문이 새겨져 있었다.

앞면에 보이는 지장보살도는 우리가 절에서 보던 것과 사뭇 달랐다. 오불관五佛冠을 쓴 지장보살이 동그란 보주寶珠를 들고 결가부좌하고 있으며 지장보살의 양옆에는 시왕 및 신장 상이 시립해 있고, 그 아래로는 석장을 든 승려와 공양을 올리는 시자, 하단 중앙에는 털이 텁수룩한 개 한 마리가 웅크리고 있었다.

동판 뒷면의 명문은 나를 더욱 놀라게 했다. 명문은 신라 왕자 김지장 스님의 일생을 생몰 연대와 함께 기술하고 있었다. 마치 인도의 싯다르타 태자가 왕궁을 나와 설산 수도하여 석가모니불이 된 것처럼 신라 왕자가 출가하여 중국으로 건너가 지장왕보살이 됐다는 사실 하나만으로도 나는 흥미를 느끼지 않을 수 없었다.

명문은 간략하지만 구체적이었다. 신라 왕자 출신으로 성은 김씨이고 이름은 교각喬覺인데, 당 정관 2년(628)에 태어나 바다를 건너 구화산으로 가서 수도하다가 당 개원 16년(728)에 99세로 입적했으며 지장왕보살이 됐다고 기술하고 있는 것이었다. 물론 나중에 동판의 명문에 기록된 지장 스님의 생몰 연대는 믿기 어려워 다른 사료를 참고하여 소설을 집필하였지만 신라 왕자가 중국으로 건너가 지장왕보살이 되었다는 것은 누구라도 주목할 만한 내용이었다.

그러나 나는 몇 달이 지나자 어느새 흥미를 잃고 말았다. 좀더 상세한 역사적 사실이 궁금하여 『삼국유사』나 『삼국사기』를 뒤졌지만 김지장 스님에 대한 글은 단 한 줄도 나오지 않았기 때문이다. 여기저기 수소문해 보았지만 허사였다. 그리하여 보물처럼 여기던 출처 미상의 동판은 단 몇 달 만에 나의 관심 밖으로 밀려나고 말았다.

그로부터 수년이 흐른 어느 해 여름, 대원사 주지 현장 스님이 산중의 내 처소를 방문했다. 현장 스님은 방에 앉아 차를 마시며 서가 한편에 얹혀 있는 그 동판을 보고는 시선을 멈추었다. 그러면서 나에게 부탁을 했다.

"정 선생, 저 동판을 내게 줄 수 없습니까? 대원사 티베트 박물관 지하실에 김지장 스님 기념관이 있는데 그곳에 전시하겠습니다."

그러고 보니 현장 스님은 대원사에 우리나라 최초로 김지장전金地藏殿이란 법당을 지은 분이었다. 나는 이제야 주인이 나타났다고 여기며 흔쾌하게 동판을 드렸다. 하지만 그때까지만 해도 내가 김지장 스님을 소재로 소설을 집필하게 되리라고는 꿈에도 생각지 못하고 있었다.

불가에는 시절인연이라는 말이 있다. 목적을 가지고 의도하지 않더라도 시절이 찾아오면 저절로 인연이 이루어진다는 말이다. 이 소설 창작의 동기도 마찬가지였다. 나는 2003년 12월 중순경에 중국의 4대 불교 명산 중 하나인 지장성지 구화산으로 들어가 지장 스님의 등신불이 안치된 육신보전을 참배하였는데, 그때 지장 스님의 일대기를 다뤄 보고 싶다는 창작의 욕구가 강렬하게 솟구쳤던 것이다.

연화불국이 된 구화산에는 수많은 중국인과 외국인들이 참배하고 있었다. 육신보전으로 가기 위해 돌계단을 오르는 끝없는 참배의 행렬은 마치 용이 승천하는 듯했고 은하수의 도도한 흐름 같았다. 순례하는 그들을 보고서 나는 컴컴한 바다의 등대 불빛 같은 희망을 발견할 수 있었다. 구화산의 한 노승도 내 마음처럼 다음과 같은 말을 했다.

"중생을 다 구제한 후에 성불하시겠다고 원을 세우신 분이 지장보살입니다. 지장신앙이야말로 미래 인류를 구제할 수 있는 유일한 희망입니다. 그런 의미에서 우리 모두는 지장보살이 되어야 합니다. 일찍이 신라 왕자 김지장 스님은 그것을 우리에게 보여 주신 보살입니다."

나는 지장 스님에 대한 자료를 모으기 시작했다. 주로 중국 측의 사료였다. 지장 스님과 동시대를 살았던 비관경費冠卿이라는 은둔거사가 지장 스님 약전略傳을 썼는데, 어느 사료보다 신뢰할 수 있었다. 『송고승전』이나 『신승전』보다 더 믿을 수 있었다. 시선 이백이 구화산에 관심을 보였던 것이나, 지장 스님에게 감화를 받아 「지장보살 찬」이라는 시를 남긴 것도 인상적이었다.

내가 지장 스님에게서 감동을 받은 것 중 하나는 구도求道를 위해 목숨 걸고 정신하는 수도자로서의 순일한 의지와 정신이었다. 또한 짚신처럼 낮은 자세로 살다가 짚신(地藏鞋) 한 켤레를 남기고 간 지장 스님의 검박한 삶이야말로 성직자 본연의 참 모습이 아닐 수 없었다. 실제로 구화산의 화성사 역사박물관에는 지장 스님이 생전에 신었다고 전해지는 짚신 한 켤레가 1200년이 지난 지금도 전시되어 있다.

지장 스님은 율사, 법사, 선사의 가풍을 두루 갖춘 고승이라 할 수 있다. 거기에다 차를 너무나 사랑하여 신라 금지차金地茶 씨를 바랑에 넣고 중국으로 건너갔으며, 그곳에서 손수 차를 심고 차로 정진하고 차로 깨달음을 이룬 차의 부처, 다불茶佛이 된다.

실제로 우리나라 최초의 차시茶詩이자 현존하는 최고最古의 오언율시인 「동자를 보내며(送童子下山)」를 노래하였으며, 『삼국사기』의 기록에 의하면 신라 흥덕왕 때(823) 사신 김대렴이 중국에서 차 씨를 가져왔다고 하지만 지장 스님은 그보다 백여 년 이상 앞서 신라 금지차 씨를 중국 구화산에 심고 가꾸었으니, 문헌에 입각해서도 우리나라 차의 비조鼻祖, 혹은 다불茶佛이라고 할 수 있는 것이다.

그러나 나는 지장 스님을 이처럼 의미를 규정하는 그런 이름들에 가두어 버리는 독선을 경계하고자 한다. 지장 스님이야말로 그 모든 이름들을 뛰어넘은 어머니의 존재와 같은 자비로운 보살이자, 우리들이 늘 갈망하는 심성이 한없이 곱고 따뜻했던 참 인간이었기 때문이다.

병들고 가난한 민초들 속으로 뛰어들어 그들의 논밭을 일궈 주고 눈물을 닦아 주었으며, 비록 구전으로 전해지는 이야기지만 스님을 사모했던 비련의 신라 여인 낭낭娘娘이 죽자 탑을 세워 주고, 늙은 어머니의 감긴 눈을 우물물로 씻어 뜨게 하고, 신라 왕실에서 기르던 삽살개 한 마리를 중국 땅까지 데리고 가서 길렀던 스님의 그 맑은 자비심이 소설을 완성해 가는 동안 내내 나의 뇌리를 떠나지 않았던 것이다.

나는 이 소설을 집필하는 동안 무엇보다 진리를 찾고자 자신의 몸을 돌보지 않은 스님의 치열한 열정과 자애가 넘쳐나는 스님의 인간적인 심성을 그리고자 노력했다. 세상이 아무리 변해 가더라도 인간이 끝내 추구해야 할 덕목이 있다면 바로 이상理想을 향한 순수한 열정과 남을 배려하는 따뜻한 자비심 같은 것이 아닐까 싶었기 때문이다. 나는 이 소설이 종교적인 맹신의 담장에 갇히는 것을 반대하며 보편적인 인간의 가치를 일깨우는 이야기이기를 원하고 있다. 바라건대 이 소설을 읽는 독자들에게도 인간 지장 스님의 진면목眞面目이 전해져 오늘을 살아가는 데 깨달음을 주는 거울이 되었으면 하는 바람이다.

끝으로 독자들에게 『소설 김지장』은 몇 년 전 『다불』로 발간되었던 장편소설임을 밝히지 않을 수 없다. 마음에 들지 않는 부분을 첨삭하고 틀린 문장을 바로잡던 중 뜻밖에도 제목까지 고치게 된 것이다. 편집자의 충고를 참고해 볼 때 독자들은 예나 지금이나 구체적인 제목을 좋아하는 경향이 있는 것 같다.

나를 불문佛門으로 이끌어 주신 법정 스님이 새삼 떠오른다. 스님께서 소설을 보시고 나서 크게 격려해 주셨던 것이다. 촌평을 한 편지까지 주셨는데, 소설 속의 화자話者가 신라 왕자 출신인 김지장 스님을 추적하는 첫 장부터 단숨에 빠져들게 하는 흡입력이 있어 잘 읽힌다고 하셨다. 편지만 주신 것이 아니라 스님을 가끔 뵐 때마다 "지장 스님이 중국 구화산으로 가실 때 정말로 키우던 삽살개를 데리고 가셨는가?" "구화산에 지장 스님이 심은 금지차가 지금도 있는가?"라고 지장 스님의 인간적인 부분과 차茶에 대해서 말씀하시어 글을 쓴 나로서는 보람을 느끼지 않을 수 없었다.

이 지면을 통해 나에게 불법인연을 지어 주신 스님께 감사드리고 빨리 쾌차하시기를 합장하며 빈다. 또한 소설을 집필하는 동안 아낌없이 협조해 준 모든 분, 특히 이 소설을 재발견하여 세상에 다시 빛을 보게 한 동국대 김윤길 님과 공들여 출간해 준 도서출판 한걸음·더 여러분에게도 감사를 드린다.

2009년 가을, 남도 산중 이불재에서
정찬주

소설 김지장—차 한잔으로 부처를 이루다

2009년 11월 20일 초판 1쇄 발행
2009년 12월 10일 초판 2쇄 발행

지은이   정찬주
펴낸이   오영교
펴낸곳   도서출판 한걸음 더

서울특별시 중구 필동3가 26
전화   02)2260-3482~3, 2264-4705
팩스   02)2268-7851
book@dongguk.edu | www.dgpress.co.kr
등록   2007년 11월 15일(제2-4748)

편집   김윤길, 심종섭, 김덕희, 신진
마케팅   김용구, 김용문
관리   최옥향, 강정모
디자인   나라연

ISBN 978-89-93814-14-9 03800

책값은 뒤표지에 있습니다.
잘못된 책은 구입한 서점에서 바꾸어 드립니다.